四部要籍選刊·集部

蔣鵬翔 主編

元文類

十一

〔元〕蘇天爵 編

浙江大學出版社

本册目録

卷六十五

神道碑

卷六十六

神道碑

卷六十七

神道碑

卷六十八

神道碑

卷六十九

傳

卷七十

傳

元文類卷之六十五

元 趙郡蘇天爵伯脩父編次
太原王守誠君實父校訂

神道碑

平章政事廉文正王神道碑 元明善

世祖皇帝克肖天德克承帝命一天下而國環四海而家時則有三五臣同德佐命恒陽王其烈烈者歟蘊經國之學展命世之才剛明正大清修峻潔所處而經權合所趨而事庸立西定秦隴東靖齊魯北安

遼碣南撫荊湖在中書六年大經大法大忠大直巍巍焉邁前王之佐巖巖焉爲後哲之師聖賢際會道義交孚豐功鉅業光耀金石烏虖偉哉王姓廉氏諱希憲字善甫北庭人考諱布魯凱雅從回鶻國王歸聖朝官至眞定順德諸路宣慰使贈儀同三司大司徒追封魏國公謚孝懿妣石抹氏追封魏國夫人司徒十三男子魏國之男曰希閔正奉大夫蘄黄等路宣慰使次卽王王生司徒拜廉訪使之命顧曰兒適承慶宜以官氏遂廉姓王自齔歲已見偉度魏國延

明師教之以經輒掇其要言試諸行事年十九宿衛世祖王邸一日問王所懷何書對曰孟子又問大指對曰陳王道明義利不忍一牛恩充四海上善之嘗呼王廉孟子從征雲南師還留爲京兆宣撫使關中時爲世祖分地西措隴蜀雜以羌戎號爲獷俗摧强破姦纖弱起植利賴所及無顧忌焉薦大儒許公衡提舉儒學辟智仲可參綜府事扁所居堂曰止善公退郎與諸儒講求事君立身大義評品古今人物是非得失焚香鼓琴夜分乃息時戍車日駕邊需繹騷

惟以養民爲本餉餽亦給有一大駔貸毋錢予人徵子數倍王曰歲月雖久子止牟毋後遂著爲令詔儒而隷者聽贖京兆諸豪不肯奉詔王悉良之或粗識字義者卽予錢使著儒版未幾宣撫司罷從世祖伐宋下鄂城命王入籍府庫出率百餘儒生伏謁軍門上指庭實曰恣汝所取王但取一墨因請軍士所俘儒生以官錢購之脫五百人隷憲宗崩於合州世祖班師王首陳大計曰殿下太祖諸孫先帝母弟旗指六詔羣蠻砉定師今入宋鄂城卽下天道人心所嚮

可識且收攬英賢政爲今日神器所屬非殿下而誰
王奏曰聞劉太平霍魯海復至陝西渾都海騎兵四
萬大駐六盤征南之師散屯秦蜀太平挾才而姦素
附阿里勃哥憚王威明糾惑群情據險致死殆將不
利即命趙良弼假事往覘以報初憲宗南征以季弟
阿里勃哥留守至是發河朔民爲兵將與上爭王旋
奏罷所發宗王塔察兒東諸侯之長也上欲好之難
其所使王請行旣嚮語及渡江王大稱莫上之威德
勞烈乃曰大王屬尊義重發言推戴誰敢不協宗王

悅從還奏所語上驚曰顧乃大事何爾輕脫對曰臣書謂時然後言臣察其幾言入其誠爾趙良弼來奏悉如王筴難猶未作也歲庚申春上至開平諸王宗戚咸會塔察兒率先勸進王奏曰阿里勃哥挾居守之權鬼奪其鑑或竊位號令至違從順逆立判若早承大統詔告天下彼或顧望我有辭矣機會之乘不容髮間上良久曰吾意决矣翼日登大寶位建元中統王奏封高麗世子倎爲高麗國王還之其國奏遣郝經使宋詔宋主息兵講好上罷關右難作命王宣

撫陝西四川道劉太平霍魯海聞王當來急傳先入京兆王遲一日至宣即位詔人情稍定遣使詔六盤渾都海殺所遣使馳詔成都帥密里霍者青居帥乞台不花約劉太平霍都海内應王得急報夜集僚屬議王曰今日之事吾請任之脫問專擅罪不若及乃遣萬戶劉黑馬等掩捕劉霍其黨皆褁甲待約捕至鬬而就縛罵太平後事遣萬戶劉黑馬誅密里霍者總帥汪惟正誅乞台不花佩同僉總帥汪惟良金虎符銀印將其兵進討惟良辭非朝命王曰身承密旨君第

了國事已馳奏矣予其軍銀萬五千兩別發諸軍四千命八椿將之戒八椿曰君所將烏合未經撫循六盤精兵慎勿輕鬬鳴爾金鼓大將聲勢使之不東吾事濟矣兩軍既行濬隍完城儲林聚糧爲城守計赦至近郊王曰劉霍在獄是何可宥尸諸康衢然後出迓王乃上奏曰停赦殺賊擅發諸軍專將惟良臣罪當死謹籍家貲以竢嚴命上曰書生貴權政謂此也詔曰朕委卿專制一方事當從權毋滯文法坐失機宜佩卿金虎符節制諸軍別降制書虎符授汪惟良

八椿遣其子執二人來獻曰方受六盤重賞及械繫其黨五十人乾州請誅之王曰渾都海西而不東吾知其無能爲也悉殺此曹徒携衆心因其怖死釋罪籍力乃送二人于京師餘皆縱去而誨八椿之子使覘其父果得此軍之用八椿振旅躡渾都海軍後阿覽荅兒爲阿里勃哥曰和林師來與渾都海合于甘州朝議欲棄兩川退保興元王上奏曰四川方寧糧餉已足無故自廢成功後悔爲晚乃不棄兩川進拜中書右丞行秦蜀省事渾覽兵既合遂東王師前驅

不利既而汪師入椿軍會諸侯兵力戰獲阿覽荅兒渾都海首梟之京兆市三日諸軍退屯便地王上奏上曰大丈夫事也拜平章政事賜甲第一區王時年始三十奏四川降民散處山谷請禁我軍毋虜掠違者罪及其帥諸販易生口者罪之由是降者如歸獲知資州張炳震統制王政辭有老親王使持書與宋四川制置使余玠俾知天命玠得書歛守疆敢不敢妄動鞏昌帥上鎮戎州叛者四百人王但誅其首惡五人餘悉原釋詔還朝入中書叅政商挺馳奏略曰

秦蜀重鎮非廉相不可詔歸王東川帥欽察誣閬州降將楊太淵反王手書與大淵開誠撫慰大淵感泣軍府乃安瀘州降將劉整囚我叛人數百軍吏請誅以戒王曰力屈而降豈其心哉奏而免之道整入覲手書宰臣使整有所觀感息浹其心當得死力王移書管安撫程都統張敘州曰汝家今在成都令所司供億優厚無他慮也聽程都統子鵬飛歸省於是恩及宋人矣詔括京兆諸郡馬牛以濟河西王奏曰關中兵亂凋瘵已極歲賦不充不堪此役奏入特復二

年馬牛免括其年自春涉夏大旱王步禱終南其夕大雨司徒請朝奏曰臣子希憲誤蒙獎拔息過其分且事多專制輒恐開後釁上曰朕欲大用希憲久矣第以西南事重難於代者朕自知之卿勿疑懼詔入中書平章事王以天下自任乃振舉綱紀綜覈名實汰黜浮濫抑逐僥倖首議行遷轉法會魏國薨王力行喪禮水不入口者三日毎慟嘔血毀瘠幾至滅性既葬藉草枕塊必於終制諸相往起未至廬所聞其哭聲之哀不忍言而退爲詔奪情至元改元進榮祿

大夫明年行省事山東省併州縣黜陟官吏承制行事東諸侯聳懼聽命其爲民害者登與除之爲民利者登與興之凡兩閱月召還俄司徒薨力請終制上不聽强起之墨衰卽事自王居憂中書滯事十數上曰其留希憲決之大都未及旬浹剖析如流事聞曰相已得人朕復何憂居無何還幸左丞相史公天澤顧諸相歎曰廉相方爾振理機要天下賴之我輩既回殆將沮撓遷轉法行五品以上宣授六品以下敕授罷天下世官諸路歲貢經明行脩長於吏治者各一

人中貴人傳旨朝堂云云王曰小臣預政此其漸也當中覆之覆奏上扶中貴人阿合馬領左右部俄其黨自相攻擊詔中書鞫實王窮詰其罪奏杖阿合馬罷其所領上諭王曰吏弛法而貪民廢業而流工不給用財不贍費先朝嘗已戚矣自相卿等朕無此戚王對曰陛下聖猶堯舜臣等未能以皐契之道贊輔治化以致雍熙慙對天顏今日小康未足多也上因論及魏徵王對曰忠臣良臣何代無之顧人主用與不用爾言者訟史丞相子姪布列中外威權太盛久

將難制詔王罷丞相政事待鞫王奏曰知天澤深者無踰陛下粤自潛藩多經任使將兵牧民悉著治效以其可屬大任固使丞兹相位小人雖實有言陛下察其心跡果有跋扈不臣者乎今信臣故臣得預此旨他日一人訟臣臣亦入於疑矣臣等承乏政府上之疑信若是何敢自保天澤既罷亦當罷臣上曰卿姑去明日召王曰昨思之天澤無對訟者有訟西川帥欽察罪者上勑中書急發使誅之明日王覆奏上怒曰尚爾遲回對曰欽察大帥以一人之言彼誅西

川必駭逮之至此與訟者庭對暴其罪於天下可也上曰其遺能者按問旣而無一實欽察得免王奏議上前讜論直陳無少回借上曰汝昔事朕王邸猶或容受爲天子臣乃爾木强邪王對曰王府事輕爲天子論天下事一或面從天下將受其害非不自愛也奏立御史臺諸道設提刑按察司阿合馬復總財利中沮其事有曰衆務責成總府金穀任之運司按察撓亂何由集事王曰立臺察遵古制內察姦宄外糾貪汚肅清朝綱訪求民瘼裨益國政無大此官如君

所言必使羣邪舞法賄賂公行事乃集邪其語遂塞匿贊馬丁者嘗用事先朝以告者彼執會詔釋大都囚上還告者復訴上怒召留相詰之王取堂案視無所署補之入對顧堂吏曰朕天威不測豈可幸無已署而免王前對以奉詔上曰詔併釋匿贊馬丁邪王曰不釋匿贊馬丁亦未嘗有詔上愈怒曰於汝書此當何罪王曰陛下以此爲罪第當罷相遂罷至元七年也王杜門養德談經講道課試諸子然食頃不忘朝廷一事便民則喜見顏間一令害人則戚不能寐

上嘗問希憲家居何爲左右以讀書對上曰讀書固朕所教讀之不肯見用何多讀爲阿合馬讒曰日與妻帑燕樂爾士上色變曰希憲清貧何從燕説右丞相安童奏王行省河西上曰河西諸王列地希憲執法於朕意無所曲從豈聽宗王語者疾作上遣御醫三人診視或言須沙糖作飲艮時最艱得王弟求諸阿合馬與之二斤且致密意王推著地曰使此物果能活人吾終不以姦人所遺愈疾也上聞特賜三斤先以嗣國王條輦哥行省鎮遼霄東人有言王疾稍

愈上命王往肩輿入辭朝廷大議朕將與之論決賜
坐上曰昔在先朝卿先事知幾每慰朕以帝道及鄂
濟班師婁述天命朕心不忘丞相卿實當爲顧自退
託爾遼霄戸不數萬政以諸王國壻分地所在居者
行者聯絡旁午明者見往知來察微燭著塔察兒諸
王素知卿能命卿往者當識此意王至北京問民所
苦皆曰有西域人自稱駙馬營於城外遶繫富家誣
其祖父嘗貸子錢訊之使償無所於訴且曰持牒告
王即遣吏逮駙馬者其人怒馬而來直入省堂徑坐

榻上王令曳下跪而詰之曰制無私獄汝何人敢爾繫民其械繫之哀禱請命國王亦爲之言稍寛待對一夕拔營遁去塔察兒使者傳旨國王立聽王坐自如曰大臣無爲諸王起也使者還語其王曰朝廷大臣彼無違禮也詔國王歸國王獨行省事朝廷發寶鈔市馬六千五百王遣市東州盡所發鈔得羨馬千三百王曰上之則類自銜其以馬依元直予他郡他郡馬不入數害及其民終不忍分彼此也長公主及國壻入朝總獵郊原發民牛車載其所獲徵求須索

其費至鈔萬五千貫王譙公主從者怨食不及王曰我天子宰相非汝庵者國壻怒起立隨之曰駙馬縱獵原禽非國務也費民財不貲我已馳奏矣國壻愕然入語公主公主出飲王酒曰從者煩民我不知也請出鈔數償民幸公止使者自後貴人過者皆不敢縱王師渡江下江州急召王入朝會右丞阿里海牙下江陵圖其地形上之請曰荊州西距梁益南控交廣據江淮上游誠爲要地非朝廷重臣開大府以鎮之未足綏新附來遠人上夜召王賜坐曰荊南入我

版籍彼新附者感恩忘苦未來者懷化效順宋如我朝有臣如此亦足以降其心也南土濕下於卿疾非宜今以大事託卿卿不辭賜卿以其入食邑者馬五十疋給從者王對曰臣每懼識度淺薄不能仰荷重寄何敢辭疾力請不受新賜詔荆湖行省承制官三品以下刻印版授奏入制出王暑行至鎮戢諸軍毋檀離部闢城門勿譏往來弛燈火之禁通商販之塗館傳曹潔邸舍相望弭虣止虐掩骼埋胔鬻帑者罪之殺俘者坐之文武効力小大協心材者官之不間

新故王一以清簡自居安輯爲務號令施惠如旱而雨谿巖耄倪人與王對瀉湍水于江得田數百萬畝聽民耕佃三年半征取沙市失收米二十萬斛足二歲用俄公安饑發之以振王曰民粗安以風教不可後也乃大興學且日親至校官講授以倡他郡撤官屋以復竹林書院予書萬四千卷學者日盛王既不納諸人贄金見者輒獻所俘男女王即受之聽其歸完歸者感德自稱廉民云王或疾士民羣走僧寺道館爲王祈福語及必頷手叩齒祝曰願我公永長我

人政化大行聲及四遠四播田楊二氏負固不下遣使納欵重慶趙定應堅守恥降遣使納欵王語二使曰歸語爾主速歸所隸以全民命我已馳奏天子詔安爾土矣奏上上曰國家不用兵得地未之見也希憲坐致數千里外之堅城勁土其仁政爲何如也賜西域善藥高昌蒲桃酒寳慶武岡益陽安化善化寧鄉諸城籍編民戶圍納欵王移文其省使安全之鎮遠谿洞蠻酋以其樂工四十餘人重擇來至曰願奏土風於天子之庭王曰而輩獨無父母妻子乎驅迫

而來豈其心哉且天子仁聖不重夷音皆泣拜而回

關譏得江陵人私書不敢發封樞密臣發之上前其

語曰歸附之初人無生意大元皇帝命廉相出鎮荆

湖豈惟人漸德化草木昆蟲咸彼澤矣上歎曰希憲

不嗜殺人故能至此王疾自劇僉樞密院事董文忠

奏曰江陵濕熱奈希憲沈痾何上即召還荆南人聞

王當去皆號泣隨之擁所乘車不得行王慰諭再四

乃拜哭而别大者繪像建祠小者書版膽禮工囊槖

蕭然琴書自隨朝于上都詔館於華嚴寺酒人饍夫

曰勑供餽王語太常田忠良曰上都聖上龍飛國家根本近日火延龍岡居民常事無令雜學小生妄談風水感動上意未幾宰相果與南士數輩廷辯遷都田奏王言上曰希憲大病念亦及此邪南士之議遂寢詔徵名醫王仲明于揚州未見行意士大夫責之曰君術固妙其能已億兆人之疾乎蒼生懸望廉公復相久矣能起廉公是惠及天下也仲明乃止進其良劑能杖而起上喜召入曰聞卿比得良醫曰俟痊復王對曰醫持善藥治臣沉疾苟能戒謹誠如聖喻

稍爾肆情終將不療蓋以醫諫也上曰卿從幾人對
曰惟一弟扶贊上笑曰儒習不少變邪命近侍舉御
前白金賜王爲兩五千勅中書賜鈔萬貫曰賞卿清
白也議立門下省上曰首官何稱曰侍中非希憲不
可遺近臣諭旨曰鞍馬之任不以勞卿乘軒論道時
至治所必煩親奏肩輿以入王附奏曰臣疾何恤輸
忠効力生平深願皇太子方聽天下政遣入賜蒲桃
酒諭王曰上命公領門下省勿難羣小吾爲公德阿
合馬不利而止時營繕東宮工部官請曰牡丹名品

惟相公宅乞移植數本太子知出公家矣王曰若出特命園雖先業一無所靳我蚕事聖主備位宰相未嘗曲丐恩幸方爾病退顧以花求媚邪請者愧止十六年春詔復入中書王稱疾篤一皇太子遣侍臣楊吉丁問疾因叩治道王曰君天下者二道用君子則治用小人則亂臣病雖劇委之於天所甚憂者大姦專柄羣邪鑫附誤國害民病之大者殿下宜開聖意急爲屏除不然日以沈痼不可藥矣語聞深嘉重之上嘗語王曰受戒國師因叅內典開益神智對曰臣

幸蒙聖訓久受孔子戒矣上曰孔子何戒曰臣也盡忠子也盡孝上頷之嘗戒子恪恂曰丈夫見義勇爲禍福不足逆計又曰宰相須有力量未有無力量能爲賢相者天下苟無牽掣三代可復也又曰稷契皐夔伊傅周召便謂無及是自棄也又曰汝讀狄梁公傳否梁公有大臣節乃爲不肖子孫所墜汝輩當深以爲警疾革曰吾疾不起矣兒惟多讀書以承父志夜大星墜于正寢之後樂堂流光燭地久之方滅是夕王薨至元十七年十一月十九日也春秋五十越

某日葬于宛平之西原訃聞天子痛悼士大夫走哭相弔天下之知者無不嗟傷咸曰良相死矣吾復何望上每追思之曰當諸王大會議決大事惟廉希憲能也夫人偉吾氏先朝貴臣孟蘇速女也生一男曰孚正議大夫僉遼陽行省事三女適監吉州路淑丹適監嘉興路撒里蠻適同知雜造總管府事蠻資夫人完顏氏知中山府事海撒女也寬明貞亮慈惠厚和與王德齊清規雅範有內助焉生五男曰恪通議大夫台州路總管恂榮祿大夫中書平章政事恍同

知沔陽府事恒資德大夫御史中丞惇太中大夫西蜀四川道肅政廉訪使三女適叅知政事劉緯適安撫使李恭適管軍萬戸何德淵成宗皇帝制贈清忠粹德功臣太傅開府儀同三司追封魏國公謚文正兩夫人追封魏國夫人仁宗皇帝制加贈推忠佐理翊運功臣太師開府儀同三司上柱國追封恒陽王仍謚文正兩夫人加封恒陽王夫人皇上旣御宸極壹新庶政由御史中丞相恂平章敬遵家範克奏父勳天子嘉之詔中書曰其命翰林學士明善製恂父

恒陽王碑文臣奉詔莊讀王之家傳次第而論曰丞相淮安忠武王曰廉公宰相中眞宰相男子中眞男子可謂名言然勳隆帝室澤被生民用舍合道安危一節大人之事備矣臣再拜稽首銘墓神道其辭曰天祐大君嶽降大臣君臣協慶弘濟斯民烈烈世祖如日亭午照臨萬國暉光草土惟恒陽王帝命肅將如雲龍從膏澤滂滂左右聖皇大開明堂四朝寧侯奏功効良手援羣溺措之安康手援衆焚濯濯清涼饑食之食寒衣之衣汝無怖啼吾母而依汝或受傷

吾爾藥治民曰相公卒相天子毋去廟朝我民是倚
遼霄安化齊魯瘥痾天有偏恩我不久公帝軫荆南
撫養其堪息浹威行坐嘯府覃秦蜀士女跂踵引領
公昔父我孰我之梗我父不來疾也孰省稽德無矜
考功無成巍乎元宰退然諸生先天下憂後天下樂
范得我心我非范學堯舜吾君夔契在我時無留閡
何之不可格君以道持身以義蹈中絕利行與天契
其生也順其死也安厥施未殫畀世永歎尚在肖息
鏡攷躋攀發其所蘊肆其所難功名成紀奕葉襲祉

帝曆萬年奮有廉氏上爵尊官疇其前勳孰知帝德配天無極奉詔劉詩于祀昭垂慕者儀之肆其齊而

河南行省左丞相高公神道碑　元明善

公姓高氏諱興汝南人其先薊人遠祖青從蒙城又徙隨之洪山父祖農隱公慷慨多大節不肯低心鉏耜氣長出人上蚤歲已稱偉丈夫至元十二年從丞相淮安忠武王伐宋渡江破瑞昌之烏石堡破張家砦破王家砦隋南陵丞相以公功聞世祖皇帝詔公專將宋將張濡殺我行人嚴忠濟等于獨松關丞相

使公報濡再戰斬吳杜李三總管及甲首萬級擒祝亮等四十二人破溧陽錄前最授懷遠大將軍管軍總管佩金牌戰銀墅斬將三甲首級二千蹈建平獲知縣事黄公濯破獨松関斬谷總制戰張濡武康禽濡復命十三年我師入宋遣公征南下建德降郡守方回下婺州降郡通守劉甲衢人畔七戰至破溪公孤軍戰敵七萬凡三月退屯建德宣撫使棱都益師進戰蘭溪斬級三千首擒吳總制唐知縣復婺州追擒郡守章焴等十九人戰衢城下斬首五百戰赤山

斬吳監軍其軍潰戰陳家山圍二日斬甲首七千級戰江山斬三千首擒五百人俘於衢門獻大將魏福興七人於行省追趙秀王十日夜及於福安趙秀王陳三萬人水南我師奪橋奮擊斬觀察使李世達等三千級擒趙秀王與擇小王二裨將二獲印五馬五百下興化宋叅政陳文龍降降制置使印德傅等百四十八人軍三千水手七千餘人得海船七十八艘十四年旋師鎮婺遷鎮國上將軍管軍萬戶佩金虎符俄加衢婺州招討使閩人叛行省檄公討之公請

以忙古臺爲都帥東陽賊張九强和尚殺我宣慰使陳祐公進斬賊首千擒張九和尚忙古臺至是揚州平福建漳三州破敏陽等賊砦十戰賊福成砦屠萬人公留鎭閩宋故將黃華以四萬人畔公降之宋故將高日新從閩畔邵武公討降之十五年兼右副都元帥召公入朝從諸校三百餘人詔高元帥及其從列布伯上布伯亦大將也侍宴大明殿公奏曰臣部五百人露元袒臂奮刃死敵勞烈如右乞陛下官之詔曰卿自定其秩頒宣勅金虎符金銀牌鞍馬衣服

弓矢各有差公遷輔國上將軍浙東道宣慰使賜西錦服鞍轡討降海賊顧招討處州賊富大王反公戰三十擒富大王等破斬賊無算又平王南尉賊漳州賊起别將討二年不下詔公福建等處征蠻右副都元帥賊據高安砦公身攻砦西北中弩矢五破砦斬渠賊黃總管得首二萬平凡七日賊陳吊眼聚衆十萬據五千餘砦公進破十五砦陳吊眼隘險公步與賊角一月賊不支吊眼手殺妻子潛遁獲馬五百明日吊眼塞千壁嶺拒我公誘吊眼釋兵而語吊眼下

至山半公上與語遽接其手掣下吊眼及擒賊二十四人俱戮以徇餘黨悉平十九年有詔入朝賜銀五百兩寶鈔二千五百貫西錦服鞍轡弓矢休所將軍一年廿年改宣慰浙西道建寧賊黄華反有衆十萬燒信州南門公統兵戰賊鉛山獲八十人戰賊分水嶺取嘉禾賊攻建寧急公卷甲趨之會福建之師與賊戰獲賊渠葉都統梁都統等黄華走江山洞公追之赤巖黄華嚴陳鏖半日華敗走走又火焱擒華二弟及其妻子廿一年改宣慰淮東道廿二年召北闕

勅副雪滴斤征緬公辭曰臣不敢愛死母老子幼無他兼侍願盡母年惟陛下所使上允其誠廿三年遷階奉國江淮行省叅知政事平婺州賊施再十改宣慰浙東道朝廿四年改行中書省為尚書行省復叅政丁太夫人憂廬于汝寧墓側行省請討浙東賊林洪平之又討獲賊柳分司廿七年處州賊詹老鷂三萬溫州賊林雄四萬僞立樞密都督府改年刻印公潛由青田險至葉山追及賊賊陳而待戰擒詹老鷂林雄等二百餘賊斬獲不會嶽州賊起討四月不下

公進師何秩砦擒汪大王等七十餘人斬之軍至淳
安召父老諭之曰吾麾吾旗賊良一碎爾民能擒送
賊者賞爾如良民縣去縛七百賊來會賦財物與縣
代民今年夏稅廿八年罷福建省進階驃騎叅政行
福建道宣慰使拯荒殘理寃滯安反側撫良愿閩人
大和鉤考省庫隱官錢五十萬貫倉盜糧數萬石諭
降漳州賊歐狗詔公入朝遷金吾左丞行江西省二
十九年奏復立福建行省改資德大夫福建右丞奏
罷福建鹽運司海船萬戶府鐵冶提舉司爪哇蹤我

行人孟琪詔以公及史弼爲平章帥師討其罪置福建平海行中書省隸左右都元帥府二征行上萬戶府四發兵七千賜公玉帶西錦服甲冑弓矢鞍轡大都良田千畝進階榮祿諭公曹彬不殺降事以三十年正月一日浮海二月十三日抵爪哇界史弼將水軍公將步軍期集八節澗王土罕畢闍耶舉國將遣其相來言葛郎王合只葛當帥數萬衆奪我要地公救之進軍二道殺數百人賊潰及西來賊戰戰至暮賊敗公慮爪哇葛郎合遂伐其謀合只葛當陳兵十

萬公督戰自旦至午賊退史弼軍繼至擁賊入水死
數萬斬首五千合只葛當乃始降遣使招旁小國公
帥千人深入盧葛郎王次子燒其宫比還史弼已縱
土罕畢闍耶歸國遂畔去誅合只葛當及其子載二
國諸寶及旁四小國臣師還十一月一日獻俘紫檀
殿賜公黄金五十兩罪縱土罕畢闍耶者是役微公
師幾不反成宗登極改福建行省平章賜玉帶號拔
都會夏言寇軍也大德三年以誣告者入對事白誅
誣告者改江浙平章八年授樞密副使十年進同知

皆兼平章政河南行省平章武宗登極召赴闕廷賜成宗御服遷銀青榮祿大夫左丞相商議河南省事在至大元年至是兵廿四制賜世祖御服夫人金紋幣今上賜銀及袍材皇慶二年九月廿日薨于大梁之路寢訃聞詔若曰抒忠竭力國之寶臣也其令汴省臣加禮以葬某月日葬神符之史湖里春秋六十有九延祐三年三月制贈推忠效順佐理功臣太師開府儀同三司上柱國追封梁國公謚武定夫人某氏子某某官集賢大學士李某奉勑命臣明善爲公

撰次墓神道碑文臣惟高梁公始提孤軍爲國出死力百戰以成功名何其壯哉由一校拜官至丞相贈太師封大國錫上謚國家之於功臣亦云厚矣建戲桴鼓萬人土靡而官極品壽七十子男數人斯又何耶蓋世祖方夷大患致天下於泰定非假手雄傑奚有今日之隆而公也有功王室固大有德在民潛施於不識不知之地者亦多矣雖然公之建立烈烈若此繼之而起益震益顯者端在諸公子也臣謹獻文曰天命聖元帝臨天下太祖辟國剗金滅夏世祖一

統乃屋宋社維此宋孱元戎是禡帝曰丞相汝師渡江凡爾征夫毋戕我降糾糾梁公孰敢嬰鋒按劍愕覜萬夫失雄如虎如龍騰奮雷風無強不破無堅不攻既虜元王丞相還朝羣盜驩跳執戈炰烋首鼠林莽乘⿰目奇發⿰骨高朝斬于聱暮集萬啖晝栖巖巢夜出民騷凡二十年有伐斯鼛陋彼海邦汗漫天池奉辭伐罪驅進王師兩主就執孰縱其一既縱乃畔投兵穴竄載厥妃兒珍怪陸離歸獻赤墀帝曰噫嘻追厥罪魁汝賞彼笞梁公承聖百戰百勝勲在宗稷著于國

令既蕃既宜樞機是權端揆之垣致理平平爵以功遷人由正賢多壽而安多子而官歸寃路寢而德不寫天實相之相夫人者史湖有石勒此詩雅維範維垂流輝朝野武子之承文孫之繩奕世重昇何可紀齡

槀城令董府君神道碑

元明善

槀城董氏自太傅壽國忠烈公顯忠烈奮田閒有佐命勲復與金人戰死冢子金紫光祿大夫平章政事忠獻公輔世祖皇帝平六詔闢江漢竟滅宋一四海

爲國元臣然忠烈死事時九子皆少忠獻年十六事毋李壽國夫人夫人持家旣有法忠獻復善教育諸弟俄上命忠獻令鄉縣縣大治號爲神君數年去從世祖軍久之上復以君嗣令實佩黄金符盡蹈前蹟益厲清敏乃求政要賢良者使在官悉逐諸刻削民者振德孤弱勸率耕蠶而均賦役時禁網尚漏官者未祿苞苴一絕豪不得曲法於貨訟罔不平民自以不訟乃修孔子廟廣黌舍招名儒躬行舍菜禮執經問道以先諸生醫究經脉吏明法律亦命相師凡五

年民土著盜賊屏息物阜家給俗厚而人能至巷肅然至相戒曰毋過過必令知迨今稾城人或譙爲縣者輒曰汝吾董君耶君諱文正字彦正忠烈第四子剛毅莊栗簡言笑通經史法律初忠獻及季弟大司徒忠貞公去事世祖次兄少保忠穆公亦在朝俱有仰於家而家食者餘百口待薾而衣指苗以飯君倡勤昭儉始卒不替内則養生祀死之合禮外則中表賓問之中度奉上接下一敬一愛藹乎其睦也又好施而甚仁里閭或貧不自立每陰濟其棘不使之知

恩所來徵至僮病必手予粥藥或止之曰不忍以其賤違吾愛心及棄官浮沉里社任眞適意親賓過從尊酒相勞家門日以烜赫已獨恬然不見諸辭色至元十三年歲在丙子五月十日以疾終享年五十有二其年七月十有六日葬于九門之北原君娶楊氏稾城丞沂之季女賢而克配相君子以成又二年之六月七日卒多君壽一年合葬于男士表從忠獻下江南有戰多其最者宋將張世傑陳大軍焦山下致死於我忠獻爲元帥將戰分而請先忠獻閔其無兄

弟不許固請乃許父子果大捷策勳累遷鄧州新軍萬户改淮東屯田軍萬户佩金虎符階至定遠大將軍女適同知眞州路總管府事蕭允功孫男守義嗣屯田萬户曾孫男鉤釗昔者君之哀聞于忠獻忠獻方留鎮宋都哭之慟左右曰公慟傷柰國事何忠獻收淚曰身及諸弟子出理皇家委百户是弟弟勞苦三二十年吾無内顧今而後永負之矣復大哭夫一門四世若相若將先輔累朝清忠純孝昭耀天下世之談者必首董氏趙人張世昌先生之狀曰君範家

類梛公綽馭吏類包希仁潔已類吳處默若君者國家得而大用之未必不與兄弟並輝齊烈此墓碑之待表與信辭也雖然蘊德深者其發必大以遠子將孫將克弘世業而孫也器宏而才良益大者哉明善於董氏爲門生宜爲表君之辭辭曰抑抑董君憲憲令人巍巍閈閎赫赫父舅佩黄金符來吏鄉縣民亦有謠來適我願匪鑑而明匪氷而清民斯懷之播遠頌聲於戲君子胡器之盈而敦而璉清廟是承大厦棟楹杞梓乃勝列戟差差朱戶輝里高牙虎節鑾和

至止惟昴弟之榮惟章服之華河必在身而𧺝款嗟嘅彼厚壤九門北原下有九泉孰急斯賢嘅彼昊天羽者翬聯瑞若皇鸞孰蘄高騫人貴乎德德大人大人而弗達德也奚害銘以揭隱昭示來代尚萬斯年無泐攸載

集賢直學士文君神道碑　　元明善

宋死節臣少保右丞相兼樞密使信國公姓文氏嗣子曰集賢直學士奉訓大夫諱陞字遜志本皇朝嘉議大夫同知廣西道宣慰司事信公之弟諱壁之仲

子信公二子蚤亡初就死時過先太師墓告而使之後皇慶二年青龍癸丑春代天子祀淮濟二瀆中南二嶽及南海六月二十有五日至贑以疾卒得春秋四十有六卒不一月有以聞至京師者其友玄德眞人吳全節翰林侍講學士元明善哭之曰審耶傳者妄耶曰或審矣君雅病熱不貫於馳而驛道萬里六月歷嶺海間審矣雖然君生也無慊而死也又無憾惟書之于墓石者我與子知之予當秉筆又再月孤富果走人奉狀託玄德問銘于明善烏乎審矣忍銘

予亡友耶是良友可不與銘耶狀曰文氏自成都遷廬陵七世祖炳然居郡之永和六世祖正中居富川五世祖利民高祖安世曾祖時用祖儀用子信公貴贈太師祖妣曾氏齊魏國太夫人昔信公囚中與君書曰吾死吾節矣汝能世吾詩書眞足後者公喪歸君廬墓側毀瘠幾不起信公家被失夫人歐陽氏後有傳其猶在北方者君泣誓曰父骨旣復于土母生而不得養我則非子跡交海內猶將求之况有徵敢憚遠行不毋得吾必不歸凡五年得之平章康里

文貞公道德威望一代士得接納者爲榮甚延君至府公卿大夫滿席公曰宋養士三百餘年死國之昭昭者文丞相一人斯其子也坐予客右謂君曰予賢乃公良願見子吾請見子于朝君對曰得母歸養恩寛天地是非志也衆咸曰臣者有其父之忠子者有其子之孝美哉乎文氏旣歸二年歐陽夫人卒喪之合禮今上之初徵求儒士不限官級近臣以君聞勅江西省臣禮遣乘傳入朝見光天宮執石本九經奏書一通其略曰臣陞徒以先父之故辱降特命召臣

臣愚無一足用不敢遺謹待罪闕下然臣聞帝王之道布在方册方册之要無先九經臣輒獻九經伏望陛下采其所載資輔聖祖神宗之法嘉惠天下萬世上説受其所獻藏之秘書命中書須制于今官明年從幸上都詔若曰尚書帝者實範臣軌粲然譯爲國語朕便於觀覽兼使國人習讀今以命汝集賢學士某次明善及君是年集賢院臣奏建京師孔子廟碑增國子員免天下儒士徭役君實贊之君取徐氏故宋兵部侍郎卿孫之女子男三人長即富也次曰實

曰宏女六人長適胡孝友次適徐鎰餘在室富以其年月日葬君於某山某原禮也銘曰肅穆爾門道諧聖君何二三年忽焉以泯天耶果人天孰疏親暫而其穎莊而謙謙孰本以廉不來忌嫌翼翼子服如不我克昔也天民無戾天德今也帝臣允由帝則彼不達人小中閱暇嘗試大觀萬物皆蹔存者奚哀遊者奚慽鬱乎藪澤萃乎巒峰違諸不利惟古之叢藏君其中福及爾宗我詩在石石與山崇山有時夷不磨顯詩

卷之六十五　終

元文類卷之六十六

元　趙郡蘇天爵伯脩父編次

太原王守誠君實父挍訂

神道碑

福建廉訪副使仇公神道碑　趙孟頫

仇氏望陳留譜云宋大夫牧之世入金有更朔平臨潢二縣令者諱輔卽家臨潢臨潢之曾孫昌平府君實從京兆府君生三子其中子則公也公諱鍔字彦中始亂從府君出禮賓客容巳落落善占對長益涵

掾於學要能以奇氣偉節自致至元八年公二十二年矣安西王時以親王鎮京兆喜優納人士公布衣入謁王語合意竟畱給事邸中久之上其能即試公武備寺壽武庫使十五年遂出知威州二十年稍遷鞏昌路總管府治中治皆有聲稱二十五年進階州尹未赴遭內艱於是御史廉得公威州鞏昌數事薦諸朝二十七年乃以福建閩海道提刑按察副使起公明年制改肅政廉訪司即用公爲副使間歲自免去北過高郵樂其土風因畱居焉大德四年八月十

日以疾卒年五十一自承務郎三遷官至奉議大夫
卒之日無副褚僑家巷處之舊聚哭一辭曰善人亡
矣至大四年其子治濟濬浩廼克自力奉公喪還北
大都宛平縣西山戛莊之原藏焉窆以四月辛酉其
域距祖塋五里公性開疏與人交底裏傾盡爲政多
本教化而持身絲毫不敢欺方少未仕見白金遺道
傍初不顧已而計曰我幸見之不得他人持去矣即
俯拾俟有閒求者至自言適貸得將營親葬公詢驗
果然出金還與之在威州民張氏兄弟訟家財史展

轉賕賂吏數歲莫能决公召諭之曰兄弟孰與吏親民曰兄弟同氣吏途人耳公曰弊同氣以資途人如何不知之甚郎大感悟相抱持以哭遂爲兄弟如初畤屬縣吏李子秀慢令當笞公郎命釋縛呼前曰若軀長六尺徒甘筆楚閒不知有功業可指取耶吾與若約三日若不力吾將重寘於罰後公出安西有從騎十數西來見公遽下馬拜曰我當笞吏也公向脫我罪又最我仕今效節兵伍爲千夫長微公豈有今日在鞏昌會歲大旱草木枯盡僚吏請禱公曰得無

以寃獄致是乎取其事按問得實平反上之大雨三日在閩屬行省臣有以采銀爲利獻上者朝廷下其事設官賦民而地實無礦民往往貴市入輸公急劾聞有旨罷其役建寧劉氏居麻沙村疃中讎誣其有歹狀州若縣將織邏成獄公慮囚及之嘻曰有是乎有是乎即抵以法公仕雖蚤當官之日不多於閑放之時故其施爲注措槩逸不傳今掇其士大夫口道以熟者一二志焉雖然猶爲試用者小耳令充周而極究之則古循吏不足多也公曾祖忠源仕金爲定

遠大將軍蘭州司法祖福明威將軍父昌平府君諱德明隱居教授曰樊川處士者府君自號也以弟鋭升朝恩贈奉直大夫飛騎尉追封昌平縣男母王氏追封昌平縣君鋭後至中順大夫嶺南廣西道肅政廉訪副使其元兄鐸亦朝列大夫雲南諸路肅政廉訪副使公先夫人郝氏贈榮祿大夫大司徒薊國公謚孝懿諱德義女先十一年卒生三子二女後夫人粘合氏先一年卒一子三女其葬以二夫人祔治高鄆府興化縣尉濟從仕郎太常太祝濬承務郎太廟

令浩蔚州儒學正塉曰程博組錦局使吳壽中書省
掾盧亘翰林待制承務郎兼國史院編脩官姚庸奉
訓大夫户部員外郎其一未行孫男五人曰敬昌慶
昌順昌延昌隆昌昔公愛錢唐比過之輒留旬月往
往援琴以寫山水之清音故與余同好相善也今年
延祐六年距公薨八年矣而其子治丐余文其隧上
之碑不腆之言公實知之矧專記撰尚何容辭銘曰
蓄之涵涵流之漸漸莫竭匪泉築之疏疏搆之渠渠
堂亦有焉我觀其終有植之隆有發之消謂德既儀

不卒於施而又不年不瀰其盈不隊其傾以游於天子則維宗女則維從其之孔延西山之原岡阜厚完有封斯阡以引以休以質諸幽上考銘鐫

御史中丞楊公神道碑　虞集

泰定改元詔書以御史中丞朶而只為鐵木迭兒所構害命昭雪之三年某月日特贈思順佐理功臣金紫光祿大夫司徒上柱國夏國公謚曰襄愍明年某月御史臺奏用其子武備庫提點不華僉河東山西道肅政廉訪司事不華既拜命乃泣而言曰惟先臣

之死於是七年矣陛下幸昭雪而贈卹之固已釋冤憤感恩德於地下臣雖萬死懼無以報稱顧於法得立碑神道願載其事於貞石以昭陛下之明聖敢昧死請明日臺臣以聞制曰可且命臣曰汝集其具書以文臣再拜稽首而言曰朵而只事具見明詔天下咸共聞知臣敢具終始可徵者武宗皇帝方賓天皇太后在興聖宮以鐵木迭兒爲丞相踰月仁宗皇帝即位遂相之居兩歲得罪斥罷更自結興聖左右至爲折辱宰輔撓制中書諷以再相既而居位怙勢貪

虐兇穢滋甚中外切齒羣臣不知所爲於是蕭拜住自御史中丞拜中書右丞又拜平章政事稍牽制之而朶而只自侍御史拜中丞慨然以糾正其罪爲己任上都富民張弼殺人繫獄鐵木迭兒使大奴脅畱守出之及強以它姦利事不能得丞相坐都堂盛怒以它事召畱守將罪之畱守昌言大奴所干非法不敢從它實罪丞相語詘得解去而中丞已廉得鐵木迭兒所受張弼賕鉅萬萬大奴猶數千使御史徐元素按得實入奏而御史亦輦眞又發其私罪二十餘

事天子震怒有詔逮問鐵木迭兒匿興聖近侍家有司不得捕天子爲不御酒飲者數日以待獄竟盡誅其大奴同惡數人鐵木迭兒終不得中丞持之急與聖左右以中旨召中丞至宮門責以違旨意者對曰待罪御史奉行祖宗法必得罪人非敢違太后旨天子仁孝恐誠出太后意不忍重傷咈之徒罷其相而中丞亦遷集賢天子猶數以臺事問之對曰非職事臣不敢與聞所念者鐵木迭兒雖去君側反得爲東宮師傅在太子左右恐售其姦則禍有不可勝言者

其後仁宗皇帝棄羣臣英宗皇帝猶在東宫鐵木迭兒復爲丞相乃宣太后旨召蕭拜住朶而只至徽政院與徽政使失理門御史大夫禿忒哈雜問之責以前違太后旨之罪對曰中丞之職恨不即斬汝以謝天下果違太后旨汝豈有今日耶又引同時爲御史證成其獄顧二人吐之曰汝等嘗得備風憲顧爲是犬彘事耶坐者既慙俯首即起入奏未幾遽稱旨執而載諸國門之外俱見殺是時風沙晦冥都人恟懼道路相視以目及天子即位詔書遂以誣罔大臣爲之

罪名焉其勢既成睚眦之怨無不報太后爲之驚悔而天子久亦覺其所譖毁皆先帝舊臣滋不悦未及有所論治而鐵木迭兒病死會有天災直言會議廷中集賢大學士張珪中書叅議回回皆曰漢殺一孝婦三年不雨蕭楊等死不以罪豈直一孝婦乎是時鐵木迭兒諸子列在禁近威燄猶熾聞者失色言終不得達及珪拜平章政事始入堂署事即告丞相拜住曰賞罰不當枉抑不伸不可以爲治若蕭楊等寃何可不亟昭雪也丞相韙之鐵木迭兒之子相繼以

贓收遂籍其家然昭雪之事終至治之歲不遑暇及
今上皇帝入繼大統詔書首以爲言褒贈哀榮相踵
而至幽明兩致其感動焉於乎粵若我仁宗之仁孝
文物大備英宗果鋭法度脩飭自古帝王之有德有
爲者未能與並倫而一鐵木迭兒常因國有大故乘
間用事以傷平明之治天人共憤久矣然卒保其首
領以殁而忠臣直士爲所誣構者乃有待於久而後
明焉此其人深忮奇數亦非常之材也乎方其盛時
宦寺固結於內術智爲用於外幾莫如之何者其計

亦略得矣而能嬰其鋒者一二正人而已卒皆蹈死而不悔天下後世聞其風者固欲考見其人之行事以表正直之終不可泯者焉然則若朵而只者臣敢不敍次以塞明詔之萬一謹按公名朵而只姓楊氏世家河西寧夏祖失剌贈推忠佐運功臣太保金紫光祿大夫柱國追封夏國公謚忠定父失剌唐兀臺贈推忠翊戴功臣太傅開府儀同三司上柱國追封夏國公謚康靖公少孤與其兄始齠齓知自植立語言儀觀巳如成人兄弟相勵以勳業當時固以大器

期之事仁宗于藩邸甚見倚重大德丁未從在懷孟聞朝廷有變將北還命公與李孟先之京與右丞相荅剌罕定議迎武宗于北藩仁宗還京師機察禁衛密致警戒仁宗感焉至親解所服帶以賜旣佐定内難仁宗居東宮論功以公爲大中大夫家令丞日夕侍側雖休沐不至家官事亦決于衙次衆敬憚之會兄卒涕泣不勝哀仁宗憐之存問優渥待寡嫂有禮待兄子不異巳子家人化之循循然毋敢失辭氣進正奉大夫延慶使武宗聞其賢召見之仁宗曰此人

誠可任大事然剛直寡合上顧視之曰然然終不及用也仁宗始統大政執誤國者將盡按而誅之公曰爲政而尚殺非帝王治也上感其言特誅其尤無良者民大悅服上與中書平章李孟論元從人才孟以公爲第一上是之拜禮部尚書初尚書省改作至大銀鈔視中統一當其廿五又鑄銅爲至大錢至是議罷之公曰法有便否不當視立法人爲廢置銀鈔固當廢銅錢與楮幣相權而用之昔之道也國無棄寶民無失利錢未可遽廢也言雖不盡用而時論是之

遷宣徽副使御史請遷公臺司上以宣徽膳用不會屬公領之未之許也有言近臣受賄者上怒其非所當言將誅之張公珪爲御史中丞叩頭諫不聽公言于上曰誅告者失刑違諫者失諡世無争臣久矣張珪眞中丞也上喜竟用張公言公拜侍御史上宴閑時羣臣侍坐者或言笑過則上見公正色爲之改容有犯法雖貴幸無所貸而讒言興矣賴上知公深讒不得行未盡八閲月拜資德大夫御史中丞中書平章政事張閭以妻病謁告歸江南據河渡地奪民力

公以失大臣體劾之張闓罷江東西奉使斡來不稱職權臣匿其姦冀不問公劾而杖之斡來愧死御史納璘言事忤旨上怒叵測公救之一日至八九奏曰臣非愛納璘誠不願陛下有殺御史名上曰然則其左遷爲昌平令昌平京邑地近而境隘民勞而事煩凡期會供億令稍非才恒不免捶楚以是苦之公又言曰以御史宰京邑無不可者然以言事得左遷恐後之來者懲創無肯爲陛下言者不得請數日上讀貞觀政要公侍側上顧謂曰魏徵古之遺直也朕安

得用之公對曰直由太宗太宗不聽徵雖直焉用之上笑曰卿意在納璘耶赦出之成爾直名有上書論朝政闕失面觸宰相宰相怒取旨囚之司寇將殺之公曰詔書云言雖不當無罪今若此何以示信於天下果誅之臣亦負其職矣上悟釋之於是特加昭文館大學士榮祿大夫以奬之且以重耳目之寄時位一品者多乘間取旨邀王爵贈先世或謂公眷倚方重茍言之可得也公曰家世寒微幸際遇至此已懼弗稱況敢求多乎且我爲之何以諷勵僥倖者遷中

政院使未幾復爲中丞遷集賢大學士而死時年四十二娶李氏同知諸路人匠總管府事某之女有婦道先公卒追封夏國夫人子一人不華也後夫人劉氏同知嶺州路總管府事某之女公死時權臣將奪以畀人夫人剪髮毀容以自誓乃免封夏國夫人子一人文殊奴亦克稱其家者公魁偉人也寡言笑無鷹犬聲色之好獎善如不及嫉惡如仇讎用人必當其才能故一時風紀號爲得士論政事必合於義理正言無所徇麗臨患顏色不變凜凜乎古大臣之風

焉其墓在宛平縣某鄉某原凡公之行尚多可述者
不悉具特書其關於國事者如此故繫之以銘詩曰
河原西陲厥風勁强豪傑時興爲國駿良駿良伊何
忠亮正直柔不爲隨剛不爲絀昔在仁宗治功安成
文和武寧詠歌太平躬爲孝恭以事神母發言時來
有順無否或闘其幾不驩以呻投巇膠箝竊秉大均
天子曰嘻誠有虓禦彼爲無忌我則有制維時襄愍
執法在中侃侃犯危以折其衡太母尚慈天子尚孝
柙不防兕稽我天討國有大故結憂慈闈彼獨何心

假時遑䘏朝衣載市家憤巷哭日暮風起百身莫贖人亦有言害生于恩忍爲凶殘遑䘏有君君子可殺名不可滅天定人復幽枉卒雪明明天子别於姦忠敷言萬方大道爲公至榮極褒豈止哀死勸忠方來祿施孫子春秋之義誅意慎微恣爾來者尚徵臣詩

翰林承旨劉公神道碑　虞集

世祖皇帝定天下列聖承之四方無虞民物康阜熙洽太平將百年于兹矣於是乎有博雅耆俊之士詠歌德業贊襄訏謨於其間以賁飾一代之盛三代以

下未之或先也於戲大夫士之生乎斯世安富尊榮自壯至老優游以終不亦幸乎中統初天子慨然思考制度定官府損益古今斟酌事宜立成憲以貽萬世時則有若劉公肅明乎刑政之要習乎禮律之通自外官召拜左三部尚書綜覈綱紀集成事功通預朝政既老而不聽其去又以爲禮樂之典由乎賢者詔誥之播風動天下簡冊之載規勸古今時則有若王公磐以亡金高科大儒召拜學士承旨文獻之事悉以屬之薦引成才獎厲後進則王公司其權矣故

承旨劉公賡親尚書之孫而師王公最久者也故公之論文則淳厚而不浮其論治則平易而不紊用能以老成爲國蓍蔡長儒林藝苑者數十年以高壽終豈偶然哉公殁之後聖天子入讚大統作新斯文建奎章閣以尊德而典學而故老漸已澌盡閣學士忽都魯都兒彌失在翰林與公同爲承旨十餘年慨公之不及斯時也間爲上言之上以爲感制詔臣集著文以載其行事而刻諸神道之碑謹按公諱賡字熙載世爲威州洺水人五世祖逸以郡吏治獄有陰德

命其子僊治儒業始爲儒生深贈昭文館大學士資德大夫上護軍追封邢國公謚康穆生尚書肅贈推忠贊治功臣金紫光祿大夫大司徒上柱國邢國公謚文獻文獻生長葛主簿慤贈光祿大夫柱國大司徒邢國公謚孝靖公有子五人公其長子至元十三年授將仕郎國史院編修官十六年陞從仕郎應奉翰林文字十八年司徒府辟長史陞承事郎仍兼應奉翰林文字二十年調承務郎同知德州事二十四年除太廟署丞明年拜承直郎太常博士元貞元年

拜奉議大夫監察御史大德二年除翰林直學士朝列大夫知制誥同脩國史六年加少中大夫以學士奉使宣撫陝西八年陞中大夫爲侍講十一年以太中大夫落侍講爲學士至大二年拜正議大夫禮部尚書仍兼翰林學士明年拜中奉大夫侍御史歲中拜翰林學士承旨資善大夫知制誥兼修國史四年除資政大夫國子祭酒皇慶元年除集賢大學士榮祿大夫仍兼國子祭酒延祐改元復入翰林爲承旨六年立東宫拜太子賓客七年復入集賢爲大學士

是年四月復入翰林爲承旨至始元年丁外艱泰定二年加光祿大夫致和元年三月薨於位是年八十有二娶龔氏先卒繼廖氏皆封邢國夫人無子以弟之子仔爲後女二人適太史院管勾霍復禮侍儀司法物庫副使王德謙是年五月十日葬公洛水縣棲鸞鄉公孫塞先塋之次至順三年贈光祿大夫河南江北等處行中書省平章政事柱國追封趙國公謚文貞國家建元之初命官猶皆有訓辭簡古爾雅皆出於翰林常分番上直或扈從而史館方修太祖皇

帝以來實錄與遼金之遺史故公自應奉辟司徒長史而猶不離翰林者其職事非冗散也而太常方治神人脩典禮非公莫能稱焉始移博士御史中丞崔公彧承眷遇有村略善任事然好盛氣待人他御史拜謁彧平受之至公常以客禮見蓋公平允篤實有以當其心者延祐間衆賢聚於本朝精采相蕩耀意氣相雄高而公退然沉毅略不與之較而言語字畫之出人寶而敬之知其以德勝也朝廷肇以科舉取士公持文衡先質行而後文華時人化之其在成均

也晨入坐堂上以身率先神色端重若不可犯而辭氣循循然足以厭服學者之心志學法凡民俊秀以次升其名佐貴游治業歲中以次出補吏旣有以利誅其心則不無爭先者矣當公時有生貧且親老同舍生有在前名者因博士以告曰我方壯有以爲養請讓之先公大喜曰讓德之恭也從其讓別爲書薦其人朝廷反先用之自是六館之士皆興讓矣公官一品年六七十而孝靖公亡恙公躬奉食飲候寒暖晨昏不懈怡愉順其顏意若嬰兒然仁宗皇帝聞之

曰此我國家人瑞也刻玉爲鳩杖以賜曰賜上尊酒因其生日遣大臣賜宴其家朝臣咸集日自皇太后皇后皇太子皆有賜孝靖再拜稱老臣以受賜公鬚鬢浩然親扶掖之都人相與歌詠而圖畫之及卒公奉喪歸葬略不以哀廢禮蓋天稟素厚有不待於勉强者凡朝會及與郊社宗廟之事未嘗後至行禮比卒事無惰容不以寒暑久速而少變亦其立志之異於人也泰定二年權臣思文飾太平以媚主自行在所遣使至大都以旨意召百官老臣諸儒會廷中議

上尊號公方服闋歸翰林獨抗言其不可衆默然重違公言以其說上之事遂已公論事類如此此其尤卓卓者云臣忝國子博士從公成均待罪直學士又從公翰林公之葬孝靖而還京也一再至臣舍與臣曰先世塋域碑銘幸具而吾老矣將誰屬乎因感慨論平生或至終日臣至于今不忘奉明詔敢作爲銘詩而刻之銘曰自古在昔國尚老成有典有則是程是經百年之間羣賢並興蔚乎其文充乎其能逝川弗回繼其邈矣白髮蒼顏公獨壽祉出而事君玉珮

朱履人而奉親榆董滫瀡多士在門有公有卿頌詩讀書亦有諸生金劵瑶册鼎彝之銘追琢其章昭如日星顧瞻在列孰肅孰艾孰爲浮夸朝盬夕壞孰爲疆梁外肆中爁衆人尤之君子之慨君子之興有來有承隱德之積久而有徵尚書制作秩秩在廷孝靖式穀退若弗勝誰云弗勝公以文起有禄有年與父終始棲鸞之鄉公孫之里何以表公貞石有紀

故知昭州秦公神道碑　　虞　集

公諱仲字山甫姓秦氏世爲洛陽大族大父和仕金

爲河南安撫使旣歸國朝父安爲河南三路提學公嘗從紫陽楊煥然先生學知名得給事裕宗潛邸郝文忠公經之使宋也宋人畱之眞揚閒宋亡天子嘉郝公之節擇士得公逆之還京師久之除承直郎建康路總管府判官公季父長卿倜儻有大節世祖皇帝潛邸在京兆已知其名及卽位召在宿衞與故御史中丞劉公宣爲友以氣岸相高時宰阿合馬秉政聚歛罔上怙權寵常伺察言已者中以危禍廷中相語以目無敢誰列長卿乃上書世祖曰阿合馬擅生

殺人莫敢言爲國家畜積怨毒已甚其鉗制左右使不得徹上聽情叵測似秦趙高私家之蓄過於公家覬覦資藉情露似漢董卓春秋無將請及時論法按誅之上以其書下中書阿合馬固善伺人主意力足使侍中貴人捄解事得寢他日以爲宣德鐵冶弗治須藉能者奏用長卿爲同知卽以所閱課額數萬緡爲長卿罪下吏卽獄中用溼紙掩口鼻斃之盡沒入其洛陽官産人莫不寃而哀之然終無一人敢爲長卿言者公乃去官不復干仕阿合馬死朝廷更新政

事姚文公燧手爲書爲執政言秦仲以諸父之仇當國耻之間廢至今臺憲力言其人而貧不能起此風厲所係宜不待於有言者公其所爲書藏之不以發今固在其家也善乎史官歐陽玄作長卿傳而論曰或曰使長卿如山甫勇去庶不及難曰山甫求爲無負其諸父長卿求無負其君一道也曰慼乎曰自古君子死小人手者多矣後之君子終不以爲悔又慕效之夫後者之無悔則前者其有悔乎是以知其無慼也可謂得秦氏父子之心矣至元廿五年用事者

急聚斂遣使天下大括金玉珠貨器物羸餘苛酷吏請盡辟如名清疆吏以任事公雖閒居猶被迫遣治嶺廣德之會當是時公府之出納無容復有餘羨此直以無義而取之耳而操竊郡縣危甚公曰吾意誠知其不可然吾受罪去國不辭吾去而他使至則其害將不可言爲物色其稍可追理者以應之視他處固不能十一二也更以數少責增之亦不爲變後五年行臺治書侍御史裴公道源監銓廣西外選舉公知昭州有善政郡治無事每游歌竹山賦詩爲樂自

號歌竹山人卒於官三十年三月也年五十有一初
殯建康城南某年月日歸葬洛陽某原永康胡長儒
志其墓夫人喬氏繼許氏孫氏子男四從龍中憲大
夫同僉太禧宗禋院事從德奉訓大夫中書省左司
郎中從某從禮女子六壻馬成段時中邢師雍其三
人夭孫男某某惟秦氏先世行事卓然可稱國家脩
經世大典訪問遺軼而從龍嘗夢其先人問從王父
事已報史官否得歐陽氏所著傳始末甚具以上送
官昭州以子貴贈某官夫人封某郡君於法得立碑

神道故來請銘銘曰明明主在上則有直臣憂國奮義蹈禍忘身公以從子泣血慎德登日避仇實癉蠹賊陰消陽明君子于征名公具言猶保幽貞愛民之仁拯物之智天不與年百未一試信道不回古人所難父子相望風節厲完乃睠後人並立朝著爲國材賢綽有令譽維洛泱泱潤覃栢松過者式之遺直之宫

元文類卷之六十六

元文類卷之六十七

元　趙郡蘇天爵伯修父編次

太原王守誠君實父較訂

神道碑

河東廉訪使程公神道碑　王思廉

元貞丙申正月十五日河東山西道肅政廉訪使程公以官壽薨於太原二月三日歸柩汴梁大德改元冬諸姪狀公行實來請銘按公諱思廉字介甫姓程氏上世洛陽人元魏遷兩河豪右實雲中三州因著

籍東勝公處士諱某之曾孫贈少中大夫安定郡伯諱某之孫宣授沿邊監榷規運使解州鹽使諱某之子妣田氏公始知讀書從樞判白公學故文筆論議皆有師法中統建元用太保劉文貞公薦事裕皇於春宮服勤守恪特被眷遇令監印宥省至元七年樞副合丹公以平章政事領河南行省選署都事十二年轉同知淇州事力辭養親繼丁外艱服除授東平路判官入拜監察御史十六年出僉河東山西道提刑按察司事俄遷河西隴右道副使徙河北河南山

東東西兩道未幾陝西行省舉公興元路總管明年進陝西漢中道大使二十六年雲南立行御史臺擢拜中丞今上嗣位改河東山西道肅政廉訪使公識見明敏沉毅果斷筮仕之初年尚少言動有節望之儼然同列雖親密者亦不敢以狎褻及之由是見知時宰有都司之辟竭力參贊事有當行惟恐或後丞相史忠武公每加獎拔幕府有疑忠武公之狥公者時規取襄樊供億浩穰公視出納綽有餘俗初築新城於江北和糴以足兵食委公領其事倉廩未完米

多露積一夕大雨諸相以爲憂使人覘公方安卧帳中召而詰之公徐曰敵人在邇常宜鎮静縱有漂濕折損幾何不過軍士一日糧耳若中夜搔動衆心驚惑事變之來殆有不可勝言者矣聞者韙之簡書之服究心營繕舟車器仗靡不犀利向之見疑者始以忠武爲知人公之世父治書公金南渡後嘗爲監察御史正色立朝不畏强禦及公嗣職慨然有濟美之志彈奸臣阿合馬輩不法至陷囹圄居之泰然其黨巧爲機穽卒不能傷出僉提刑司事也平反糾擿不

克殫紀其尤者大同楊剌眞等犯酒禁有旨誅之公以其罪不至死論列數四其忠君守法如此其赴河北河南也道彰德聞兩河凶歉民大艱食而官府徵租甚急欲止之有司謂法當上稟不敢專擅公曰若循常例比得請民已疲於勾呼矣即移文停催然後申明省臺果獲蠲除僚友有當鞫獄鄴中而不果其行者公乃請代至則詳究本末盡得其情蒙湔洗者以百數二十年河北復饑民多轉徙於南朝廷遣使與汴梁官屬會憲司官於河上以扼之公與總管張

侯國寶決議放渡既而列上亦賜允俞是秋霖雨大河清沁皆泛溢爲衛輝懷孟害公親乗舟臨視振貸全活甚衆水浸衛城不没者數版適郡僚各以事出公與屯戍萬戸張公集軍民發倉廩修築隄防以捍其衝晝夜督促暴露城隅閲數旬功始就至今大水不復爲患衛人德之興元命下公欲辭時尚書省丞相桑哥擅權顚指所及竭蹷奉承親舊力勸之公以大夫人年將九十旁無兼侍輦致弗克不聽章三上得告而後巳嗣有陜西漢中之行亦極力丐免杜門

家食慈母孝子懽然一堂若將終身焉二十六歲丁内艱哀毀過禮見者傷之雲南去京師踰萬里朝議以爲振舉綱維肅清風憲綏輯遠人非公不可乃起公或疑跋涉勞苦且未終制公必不拜公乃曰前此三除脉死陳情葢以老母故也今當宣力絶域以贖前過甫踰小祥卽素服就道旣莅事卽戒敕典兵之官牧民之吏主刑名司廩庫各謹爾職毋致人言自是上下肅然一新舊染雲南舊有孔子廟朔望長吏便衣拜謁而已敎官雖設一無從學之士公乃舉春

秋釋菜之禮先於所治中慶府集行省臺以下諸官百餘人公服以行禮事屬城化之有遣子弟受業者公之不鄙裔夷推誠敷教又如此河東地瘠民貧仍遭旱暵公奏除歳飼親王馬駞十之九所輸租税易遠倉爲近倉以便民歴年積弊前政欲去而不得者下車未乆蕩洗一空鄰境之人亦知嚮慕竟用是得疾公頻居風憲剛稜疾惡恒以古人自期晩年言事尤切直如早建儲貳以固國本訪求賢俊用賛丕圖車服辨尊卑之差封疆表忠勤之實養軍力以備邊

定律文以革弊皆急務也使節所臨擾民不急之役必先禁止農桑庠序撿灾戢盜尤所盡心至忘饑渴寒暑平居不事生産惡衣菲食無難色與人交愈久而情好愈篤不以貴賤爲輕重或有疾病死喪問遺賙䘏禮意兼盡雖往反數百里亦不憚勞後仍爲之經理家事撫視子孫不少衰減其於宗族姻戚又所厚者也恬於進取勇於爲義卧病太原未得謝猶力疾視事未得索紙筆作遺書寄弟姪翌日飲啖應酬若平時客退易衣就枕而薨葢剛大不屈之氣充養

有素故於死生之際明白如此僚吏士民涕泣相弔如失私親靈輀所經皆盡哀致奠則公之爲人槩可見矣享年六十有二夫人鄭氏婦道可稱前公卒今夫人柏德氏臨潢之甲族也明悟莊重持家有法一子牛童早夭三女長適尹氏二幼在室以某年月日葬公於某處先塋之次禮也銘曰烈烈程公出遭盛時儒素世家孝友天資歷中外才可吏師霜凜烏臺風生憲司去惡如草遇民如兒捍患禦菑奚翅巳私事不避難去必見私用夏變夷悅禮敦詩惟是頑

獷化而柔慈萬里來歸鬢髮不絲養吾浩然豈其餒而望公廟堂决疑蓍龜命也柰何竟止於斯有韞於中未究設施不龍不蛇賢人嗟咨有巍者碑銘以昭之公有遺恨余無愧辭

故宋文節先生謝公神道碑

李源道

天訖宋命皇元一四海而統之至元廿三年行御史臺侍御史程鉅夫以宋遺士三十人薦於朝於是江東謝枋得在舉中被徵丁内艱辭亡何連詔江浙行省丞相蒙古台江西行省左丞管如德召皆不起廿

六年春正月福建行省參政魏天佑復被旨集守令戍將迫蹙上道迺行夏四月至京師不食死春秋六十有四八月子定之奉柩還廣信明年九月葬其鄉之玉亭龔原其門人誄而題之曰文節先生謝公墓先生曾祖彥安祖一鶚考應琇潯州僉判妣桂氏封碩人先生諱枋得字君直信州弋陽人宋寶祐乙卯薦於鄉丙辰試中禮部高等比對力詆時宰閹宦奮不顧前後抑置第二甲第一人初潯州君以事忤使者董槐被劾以死先生既第董槐執政竟不堂參以

歸丁巳召試教官調建寧府教授己未趙葵宣撫江東西辟爲屬尋除禮兵部架閣令募兵援江上出楮弊十萬貫得信撫義士數千人以應宣撫司罷賈似道當國會軍興出入簿責任事者公毁家以庾不足坐廢至元初長星竟天踰月我師壓江上宋社日替江東漕司猶試士徵較藝先生憤賈竊政柄害忠良誤國毒民發策十問摘其姦極言天心怒地氣變民心離人才壞國有亡證辭甚剴切大佛賈旨臺評竟上其謗訕鐫兩秩典國軍安置因謫所山門自命疊

山守令皆及門執弟子禮丁卯以史館召先生曰似道餌我也不赴閉門講道聞之者翕如若周岳熊朝余安裕楊應桂余炎謝禹莫若葦皆知名介然自將足跡不及權門里中人行事或不循於理者輒曰謝架閣聞乎有持兩爭必來質平遣以理無秋毫假與人意人亦高其風必自審乃進非義者未嘗敢至其前也乙亥連以史館校勘祕書省著作郎召牢辭授江東提刑總其兵以守饒信撫與王師戰輒敗不能軍遂易服負母走閩中隱於卜信守將悉捕公妻子

弟姪送建康獄夫人李氏有容德有廉帥者欲妻之一夕自經死弟某某姪某某及一女二婢皆死獄中惟二子熈之定之移獄廣陵得釋又有弟禹在九江亦以不屈斬於市先生資嚴厲雅負奇氣風岸孤峭不能與世軒輊而以天時人事推宋必亡於二十年後抗論憸宰老竭蹷不售終不取合於時其爲人益如此及程公之薦報書迺曰弓旌招賢輪帛迎士有志經世者孰不興起及非其人非皇帝夢卜求賢之初意也觀其言非徒决於剛憤者少力學上六經百氏

悉淹貫爲文章偉麗卓然天成不踐襲陳言宿說論
古今成敗得失上下數千年較然如指掌尤善論樂
毅申包胥張良諸葛亮事常若有千古之憤者而以
植世敎立民彝爲任貴富賤貧一不動其中其言曰
清明正大之心不可以利回英華果鋭之氣不可以
威奪其自信率此類先生之北也貧苦甚衣結屨穿
行雪中人有嘗德之者賙以兼金重裘不受平日所
著易書詩三傳行於世雜著詩文六十四卷翰林學
士盧公摯爲之序引深所推激夫人李氏男三義勇

早卒熈之歸自廣陵亦卒定之賢而甚文累薦不起孫男二信孫仁孫先生死之二十有四年門人虞舜臣率其徒築室買田祠公弋陽之東江浙行省請於
朝爲疊山書院又五年予在集賢待制番易周應極狀其事致定之之語求銘墓道嘗謂先生天下士源道仰其文章風節葢四十年而不一識是區區者尚可辭哉銘曰

嗚呼先生生也何時生也後時日薄崦嵫維南有孽龜玉毀折我朝天明迺完其節鷄鳴風雨歲寒柏松

伊其板蕩古有藎忠道統旣闕人文斯一有美翔鸞載鳴載集號廸匪庭號祼匪京萬里氷天介石自貞奚卒不施閟於佳城嗚呼先生

廣平路總管邢公神道碑　馬祖常

泰定二年四月十四日致仕禮部尚書邢公卒六月朔葬於安陽庋置之原越二年致和元年戊辰二月嗣子温毀瘠羸然喪服持工部侍郎胡彝行狀告其友浚儀馬祖常曰先考衣衾棺槨飾終之禮庶幾無悔温不孝惟是墓道之碑無文以昭之敢以是託於

子焉按狀公諱秉仁字仁父姬姓邢氏世居安陽契丹女直擾中夏士族譜諜存者葢寡故安陽邢氏始顯交口里大父諱植不仕有隂德贈亞中大夫彰德路總管輕車都尉追封河間郡侯大母李氏追封河間郡夫人父諱德裕有政事志不得奮發卒小官贈嘉議大夫上輕車都尉追封河間郡侯母王氏追封河間郡夫人繼母郭氏封河間郡太夫人弟四人曰秉義秉禮秉智秉信四人皆後夫人郭氏出前夫人王氏獨生公一人兩世用是貴得加封光華甚榮公

起家辟署河南廉訪司曹屬進御史府史又進丞相東曹掾滿考授承務郎平江路推官未上改承直郎濟南萊蕪等處鐵冶提舉俄遷承德郎江西行中書省左右司都事陞朝列大夫爲太醫院都事選充廣平彰德等鐵冶都提舉官中議大夫外臺各以名薦壽爲撫州路總管加亞中大夫廣平路總管凡十遷以禮部尚書致仕階承務郎至嘉議大夫凡六轉出入中外率稱官守初提舉濟南諸冶賦民不急逋逃復業都事江西行省婉畫直辭贊叶上下議遣官出

廩米五十萬石賑貸屬州饑衆難之公請異日有擅發罪秉仁願獨坐萬齒齗齗待餔以活者不可指數也都提舉廣平彰德等諸冶差戶程公礦火悉給縮賈殖貨以利予農治辨爲最總管撫州專使臨門賜馹之官撫境地稅戶部賦木綿織布民病非所産即令輸直吏不得舞手取賄公私俱便之小旱禱輒雨歲連大穰俗頗譁訐未幾民恥健訟移廣平路教學者以雅樂祠事先聖孔子立鄉校七百各有弟子師課樹桑億萬計絲纊用饒民有婦妬妾妊而以妾妻

奴者夫死而族人欲有其家訟不决廼以子生月逆計毋妻奴之時得實其民遂有後闔郡號神明盜僞以小鈔貫變作大鈔貫文如錢取鎔然詿誤七十人止以首坐勸醫講黃帝越人書躬視惠民藥餌比去官民鮮夭扎者賦有寸帛之羨立歸之主爲政具有方略要以惠恤元元爲本既致仕益礪志讀書强記不怠字書多楷法尤工古隸有子二人長子溫由中書掾校官拜監察御史吏部中書左司二郎中總管大名河間都轉運使丁公艱家居次子簡門蔭補承

事郎監大名路商稅夫人蕭氏于氏祔葬並追封河間郡夫人享年七十有六嗚呼行聞於鄉政聞於世爲子而上賁其親爲父而垂裕於後可謂完也矣爲善人者可不以邢氏爲徵耶是宜銘也銘曰

爾車薄薄爾馬蹻蹻勿驅我隧域時君子宅有繹爾蕪有憔爾芻毋犯我松與英時君子居若廣漢之明弗鉤距以傾若霸之惠弗餙異以詭時予有元之循吏孫子奕奕時昌時赫時善維吉時視予貞刻

禮部尚書馬公神道碑　馬祖常

公諱月合乃世屬雍古部族居靜州之天山天山古居延海也曾祖諱帖穆爾越哥祖諱把造馬野禮屬皆以財雄邊父諱錫禮吉思當金遷浚都尚書省辟爲譯字掾曹試開封判官改鳳翔兵馬判官死節贈鎮國上將軍恒州刺史官名有馬因以立氏父死節時公年甫十七壯其父之忠義奮而投冠於地誓曰吾父死於國難吾紓家難可也遂侍母太夫人王氏艱關鋒鏑跋涉星夜出汴絶河而北見憲宗皇帝於和寧年少辭容端敬憲宗嘉賞之命贊卜只兒斷事

官事國朝天造之始總裁庶政悉由斷事官燕故城爲斷事官治所中原久罹兵燹民謳吟思見太平之日公力籌畫規度政修事舉士悦親附胥爲大和世祖皇帝以親王南征公從行留汴餽饟六師悉發軸人賦一石取濟南鹽自堰頭舟行陸輓數百萬斤散布軍所過州郡汴蔡河南之地農在野而商在塗不恐不驚而軍政修焉世祖皇帝即位降詔褒奬其詞有曰有此勤瘁深可尚嘉云者阿藍荅兒據魚兒泊叛倉卒之際公罄家貲市馬五百疋進上世祖皇帝

嘗給券賜其家曰後當償汝也版戸遂試學子通二經即不同編民令令甲儒免丁者公始之也中統建元既肇建省部明年拜禮部尚書佩金虎符四年八月廿一日薨於上都之邸第訃聞内外文武之屬搢紳之士咸嗟悼盡傷形諸文字之間迄今傳而不泯也嗚呼公之薨年甫四十有八即以其年某月日葬於大都宛平縣清水河之陰之原太夫人王氏墓後梁郡夫人白氏祔後六十四年爲至順元年曾孫祖常辱官禮部尚書請於朝追號推忠宣力翊運功臣

勲上輕車都尉階正議大夫爵梁郡侯官僉樞密院事謚忠懿子十有一人長諱世忠常平倉都轉運使次諱世昌行尚書省左右司郎中孫祖常官秀第二品推恩二代贈嘉議大夫吏部尚書上輕車都尉梁郡侯次諱世顯知通州事次世榮蚤卒無子次世靖不仕次世禄中山府織染提舉次世吉承公廕絳州判官次審温嘉議大夫歷台州淮安瑞州路總管餘三人蚤卒不仕女四人三蚤卒一嫁廣東道副都元帥闊里吉斯孫二十人長潤朝列大夫同知漳州路

以子祖常備侍御史贈中奉大夫河南江北等處行中書省參知政事護軍梁郡公次節入王屋山爲道士次禮下砂鹽司丞次淵不仕次開監在京倉次遺道遵皆早卒次通迪次保六賜提舉都城所次未名卒次岳難武略將軍蘭溪州達魯花赤次雅古處士以孝聞次必吉男奉議大夫同知興國路事次祝饒監富池茶場餘四人未仕曾孫三十一人長祖常由進士轉官侍御史次祖義郊祀法物庫使次祖烈汴梁等路管民總管府案牘官次天合監杭州鹽倉次

祖孝管勾河堘鹽場次易朔南察院書吏次祖謙昭功萬户總使府知事次祖元信州路教授次祿合知行唐縣仕者九人餘皆學而未官也玄孫若干人長武子中書省掾次文子國子生次獻子惠子並國子生諸女以多載於家傳兹不重出嗚呼我曾祖尚書德足以利人而位不稱德才足以經邦而壽不享年世非出於中國而學問文獻過於鄒魯之士時方遇於草昧而贊勷制度則幾於承平俾其子孫百年之間革其舊俗而衣冠之傳實肇我曾祖也嗚呼祖常

生三十三歲父潤南官漳州教祖常曰吾祖有德未
盡發吾官州郡不得施今汝頗樹立其大將在汝也
後祖常佩父訓不忘忝官翰林直學士太子右贊善
大夫禮部尚書參議中書省事入臺進侍御史叨蒙
寵榮夙夜憂懼惟恐違父之教而隆我曾祖之業蒙
不孝之罪死不瞑目於地下葬儀不具塋域不廣欲
改卜而還之宗老曰封樹八十年矣神殆安茲未易
改卜嗚呼祖常既撫我曾祖行實萬一而略論次之
矣忍不泣而終銘之銘曰

有崛而起之孰趨而擠之將濟世美必承而履之懿矣我祖百年于茲衣冠之傳寔維啓之世多王公亦多華靡惟不革俗而忽其圯繩繩孫子思焉有氏咸宜習禮以續廟祀

翰林學士元公神道碑　　馬祖常

有元古文之宗曰翰林學士清河元公以至治二年壬戌二月七日薨於位葬而墓碑未刻其長子奉議大夫同知峽州路事晦又死次子晑七歲一女病而不嫁一孫尙乳也夫人清河郡夫人李氏纍然抱其

孫倣船歸清河織紝以居賓客僚隸皆四散無一顧之者獨其友玄教大宗師吳全節謂馬祖常曰清河公以文起家可謂貴顯光榮矣而其葬之後無碑以載其官閥世次行事之實爾宜為文我求善楷書者礱石以刻焉祖常曰嗟乎世之士一得志則攘袂於所親一不得志則褫魄而不能生者比比也今子託跡老氏而以禮義之事振吾徒何能哆言以飾愧哉謹按公諱明善字復初資頴悟絕出讀書目所過即記諸經皆有師法尤深於春秋弱冠游吳中會宋金

季世之習巳名能古文流轉江淮閩浙東部使者薦之行省辟正安豐路學再正建康路學居歲餘行樞密院辟充令史故辨章董公士選實僉院事敬之如賔不以曹屬御之也董公遷江西行省左丞復羅致之省中會贛賊劉貴反從左丞將兵討之擒賊三百人議緩詿誤得全活者百三十人又將斬一賊命公臨斬左丞曰掾儒生能臨斬乎當震怖矣終刑巳色不變將佐白宜多戮人及尸一切死者用張軍聲公固争以爲王者之師恭行天罰若等小賊跳梁殺其

渠魁耳餘何辜焉賊貴盜書民丁十萬於籍有司喜
欲發之公夜置火籍槖中焚之以滅跡贛吉遂安南
行臺聞之亦辟爲掾未幾進登仕佐郎檢密院照磨
轉中書省左曹掾曹無留事坐誣免不辨僑寓淮南
文學益肆頃之坐誣事明復掾省曹至大戊申我仁
宗皇帝養德東朝左右文化選天下髦俊之士列在
宮臣公首被簡拔授以直郎太子文學仁宗卽皇帝
位遷翰林待制承直郎兼國史院編修官與修成廟
實錄明年與修順廟實錄加奉議大夫是年陞翰林

直學士朝列大夫知制誥同修國史有詔命節書文譯其關政要者以進公請與宋忠臣子集賢直學士文陞同譯潤書成每奏讀一篇上必善之曰二帝三王之道非卿莫聞也太皇太后既受尊號朝堂集議宜赦公曰數赦非善人福宥過可也乘傳出賑山東河南饑彭城下邳諸州連數十驛保馬民饑官無文書公專以鈔萬二千錠分給之民免死徙皇慶壬子修武宗皇帝實錄明年遷翰林侍講學士中奉大夫預議科舉服色延祐乙卯國家始策試士子選充考

官廷對又克讀卷官迅筆詳定試卷數語辭義咸委曲精盡他人抒思者不及也改禮部尚書正孔氏宗法以五十四世孫思誨襲封衍聖公事上制可之參議中書省事毗贊良多知戊午貢舉復入翰林爲侍讀學士通奉大夫歲中拜湖廣行省參知政事便道過家上冢鄉之父老子弟迎謁勞問禮意周洽庚申英宗踐祚徵入爲集賢侍讀學士召至上都議廣廟制授翰林學士資善大夫修仁廟實録百官迎仁廟聖容云有卿雲見承詔爲文以紀之賜酒嘉賞英宗

親祼太室禮官進祝册奏請署御名上命代署者三眷遇褒優近世無有也既薨之三月歸葬於清河王家原之先塋西三里泰定間得請於朝贈資善大夫河南江北等處行中書省左丞追封清河郡公謚文敏曾祖諱興不仕曾祖妣楊氏二世以下皆以公貴祖諱海贈嘉議大夫秘書卿上輕車都尉追封清河郡侯謚貞惠祖妣高氏追封清河郡夫人考諱貢將仕佐郎同管勾蘆瀝鹽場贈中奉大夫吏部尚書護軍追封清河郡公謚孝靖妣冉氏追封清河郡夫人

元氏葢拓跋魏之苗南北轉徙不知所系家淸河者至公四世矣享年五十有四其文有賦五詩凡一百六十三銘贊傳記五十九序三十雜著十五碑誌一百三十出入秦漢之間本之於六經以涵泳其膏澤參之於諸子百家以騁其辨刻而不見其跡新而必自巳出蔚乎其華敷鏞乎其古聲倡古學於當世爲一代之文宗者柳城姚燧暨公而巳信乎其必傳也雖然才用而未盡積厚而施寡徵之於天其善後也無疑祖常曩從公游及公考士又辱第下列義當銘

銘曰

於維公文並古立大沛厥辭世莫躋震聾瞽聵力不克蜚聲天衢名蕤蕤位臻公卿發軔跡蘊而不施用弗極神柅其馳學迺碩天藻掞縟琢圭璧五十四年返玄宅

元文類卷之六十七終

元文類卷之六十八

元

趙郡蘇天爵伯修父編次

太原王守誠君實父校訂

神道碑

平章政事致仕尚公神道碑 孛术魯翀

大德八年春三月巳巳中書左丞尚公請老上不允若曰其服朕命無怠冬十月稱疾力請予告九年春還保定時年六十有九明年夏六月拜昭文館大學士資德大夫中書右丞商議中書省事召不起武宗

即位加榮祿大夫預司農事司中書職仍舊召秋九月覲龍虎臺大臣莫不譽公上悅若曰衆以卿宣力我家爭譽其賢故耳公再拜稱觴上萬歲壽御琖賜之酒故事酒荅臣下琖人授之不親賜也時特授公左右相目嗟異冬十有一月東宮賜宴翰林俄以疾還至大二年春正月使召辭三年冬十月贈爵三代仁皇出震召問大計稱旨賜宴清勝園皇太后賜宴南園夏五月丐去陛辭上御武帳聞之以氣脆室隘勑近臣出諭若曰卿來盡心獻納朕未始不從稱老

懷歸豈遽忘國家耶凡益國便民其以疏聞當行朕
卽行之勑宰相李道復等進秩慰餞遂加銀青職仍
舊賜白金百兩金綺二匹宴中書驛送還歸時年七
十有五延祐五年制贈曾祖考仲資善大夫翰林學
士上護軍追封上黨郡公妣魏氏郡夫人祖考安榮
祿大夫大司農柱國祁國公妣王氏國夫人考汝楫
銀青榮祿大夫大司徒上柱國祁國公妣李妻魏皆
國夫人六年春正月拜太子詹事使三徃迺起三月
辛酉見上嘉禧殿之後閤上顧太保曲出曰公曰是

自世祖皇帝效力潔淨人也徐曰周卿汝前汝知古今識道理練大務太子託汝善轉之有言勿吝善教之此朕意也公見皇太子首以念祖宗孝兩宮養德性辨邪正陳之太子異其言更五月北幸覲花園北行殿上若曰朕不文直諭汝勿惜盡言教太子賜尚醞馬酒各一甖詹事俸入不受俄謝歸時年八十有二泰定三年以中書平章政事致事制授於其家賜楮泉萬緡綺帛四端尚酒二尊公表謝復賜酒時年九十有一朝廷尊賢養老思輔長治其見於公如此

四年十月八日薨享年九十二訃聞制贈推誠佐治寅亮功臣金紫光祿大夫司徒上柱國追封齊國公謚正獻公諱文字周卿祁州深澤人幼嗜學甫踰冠卓邁有聞世祖御極急務求賢一時大臣體上意鋭采擇中統元年張忠宣公文謙宣撫河東還故參知政事王楫薦公忠宣奇之辟掌書記至元元年辟西夏行中書書表二年始立朝儀詔魁賢鉅德者討論詳定太保劉文貞公秉忠薦公參預凡常朝朔望起居元日冬至會覲冊拜內外文武仗衛布置服色差

等圖象規製皆公掌之節次入奏凊問所及必公條
對明白乆之聖鑑通朗勑結綵畫位皇城之東百官
肄習上御法座臨之見大書宸極御座之居上召公
問之對天極居中衆星環共帝德無爲天下歸之其
象類此上悅習巳大悅遂爲定制播告天下七年勑
知事大農八年轉大農都事禮成置侍儀司太保以
公見上仁智殿擢右直侍儀使十有二年復都事大
農其佐農政也置七道廵行勸農事聯保五課耕桑
修水利立社學築義倉革浮薄禁游惰多自公畫十

有七年出守輝州不事刑撻因其土俗以禮導之令行禁止河朔大旱禱輙雨歲大熟踰竟旱自若也聞者異之懐孟馬氏宋氏被誣殺人訟募不决提刑部使檄公讞之推跡究情得尉史獄卒鍊㗭狀兩獄皆雪牧輝二年民安事治十九年冬召拜户部司金郎中初竹稅置提舉隷省部懐衛居民犯一筍一竹率以私論至破家至是抗言罷之課入郡邑害遂弭明年秋使山東定征稅度風土市廛立中制江西省憲交訟裕皇令中書公奉教訊詰罷省臣宣慰臣各一

追白金千二百兩二十一年冬改戶部郎中明年春都事御史臺會聚歛臣荅即歸阿散等謂海內財穀省院臺內外監守里魁什長率有欺蠹請大蒐抉上允勑衆勿沮利黨嘯結兇壬傒使旁午省臣御史掾吏民疾罹穽陷日衆人情危駭先此南臺御史封章言帝春秋高宜禪位於皇太子皇后不宜外預太子聞之懼公因祕之以杜讒隙此曹覘之鉗臺史督索公白中書右丞相安童御史大夫月律曾拒之越翌日其黨以聞勑太宗正薛尺玗取其章太子益懼二

相憂變不測公思用拯之方閱舊案得兇黨罪玷數十白大夫曰事急矣請就省圖之至遂說曰丞相大夫以勳貴忠賢荷天寵柱石廊廟皇太子天下本固本安天下兩公任也此輩傾險乘釁奮不逞祕章出禍可言邪今先討奪謀使噤不容喙策之上也二相曰善入言狀上怒若曰汝等無罪耶震厲未止丞相前曰臣等有罪不辭但此黨名載刑書類非愼潔動必鷙害生靈宜遻重臣使爲之長庶靖紛擾上徐霽威可其奏二相出宣制緩其行兇爓爲沮俄而告賊

賂者喧集事聞天威大震或誅或竄或奴時漢人臺臣皆闕公位幕佐以智勇忠義動大臣悟明主殲大憝銷大釁旬日之間中外清泰聞者壯之俄丞大農治京北屯田畝澮汎溢不菑二十四年置尚書省柄臣顓政急賦讒戮大臣衆股慄使者四出峻繩督務贏官緡儌賞悅公使燕南得鈔緡約四十萬與民者三之二賞雖不及功亦見時至元鈔始行置寶鈔提舉司隷都省金與銀禁私易小人挾威張署攫飽饕餮摧破民產動再年使江西治其敝吏行詐舞文各

以罪論或誣熊氏子買藏金尺吏訊則無之訊益酷乞輸直不聽聚貸簪珥作新尺符其妄迺已劉氏子誣其弟貨利潛易金銀獄久不絕事皆類此公至率清脫民始寧息其年理鹽茗雜稅江右明年升少卿理獄理賦山之東署置濫溢汰之政令苛虐蠲之事理欺惑正之尚書省罷政歸中書二十有八年夏四月遷吏部侍郎考覈尚書省臣銓綜所不當最簿上之流品清別井井不紊始以肅政廉訪司憲諸道明年公使憲湖北初提刑按察之憲鄂也行省奏罷其

司聽揖山南者再事滯民疚公曰此憸恩者闇之耳凡政刑大務即省議之慶祝大禮赴省行之糾察貪墨不少貸讒格政行民始受賜三十一年秋召爲刑部尚書公以遠近禀决刑制不一吏誕民瘝請依古律令采寬厚新憲草以一吏治不報成宗元貞元年春拜侍御史會江浙省平章用虐行悖行臺御史浙西憲人條狀彈劾制遣公洎大都護往詰之左驗明者平章者挾貴鷔岸不臣公等以聞平章者以國制軍數禁密無敢或預御史嘗取數鎮兵於是藉其故

擅驛走都以相噬咋都省奏不用臺臣特以都護按問制可御史逼威卽承兩造具備劾省臺太師宣政等衆大臣雜議率阿勢貴犯輕宜宥御史法當死公曰不然御史職號監察今所繫者上欺下暴制使馳訊拒捍無禮罪重不輕必以軍數有禁言之小吏佐書掌給鹽米甲簿伍籍數誰不知況御史因兵卒交愬責令長帥均役情無害法卽有罪亦輕不重皇上御大寶赦天下德洽民心豈宜濫刑以累聖治議都堂三辨巖廊再衆列奏公廷爭剴切上開悟平章御

史各枝遣衆呼萬歲他日集肅政堂衆憂省臺不協公曰天下無難事第恐處之失其要耳都省長百司丞相握大權相抗不敵動瀆天聽取厭傷體自今而後很貪虎暴者抨彈之事不涉私者正救之果大鈕鋙論斥未晚何用紛紛衆韙公言未久猜釋風紀肅然二年請無數赦罷役不急上嘉納大德元年夏河決蒲口冬公使憲河南明年春偕勑使相决河籌久利公建言長河萬里湍猛東注下盟津地平土疏蕩徙不常失禹故疏流患中土不知幾何千年孰保無

患治得其當則民省而患遲失之則力費而患速此定論也今陳留抵東西百有餘里南岸故河口十一已塞者二自涸者六通水者三岸高水六七尺或五尺岸北故堤水高北田三四尺或高下等大較南高於北約八九尺堤安得不破水安得不北也蒲口今決千有餘步迅快東行得河舊瀆行二百里至歸德横堤之下復會正流或彊湮遏上決下潰終竟無成揆今之計河北郡縣順水之性遠築長堤以禦汎濫歸德徐邳聽民避衝潰擇所安要患戶齒河南淤

田量給永業他決視此即救患之良策也蒲口不塞便策上廷論從之河朔郡縣山東憲部爭言果然則河北桑田盡化魚鱉之區矣塞之便復之明年蒲口復決障塞之役無歲無之是後水北入巴河復故道竟如公言三年秋憲山東宣慰使挾堦宗室以浮論懲叛謂治淄青政宜猛故藉是久居方閫外掠譽而內貪虐憲糾小有違言吠陘即至公度難力爭使者往來公以溫言順附而嚴礪之彼迺感服其下稔惡會有告者選官按詰得二十餘人決杖追贓以慰惇

弱遂大慙謝逐所親昵用事十餘輩歸民田二百餘頃四年秋授中奉大夫參知政事行省江西旣涖政以吏選淆濁凡庠序之師軍民之佐財穀之主典隨事立法員數百浹日皆汰無復容私衆始睊睊終莫奪俄趣公分鎮嶺南怏私　憤　公曰此軍政也非制勑不敢行馹使顯亶得報蒙古平章偕在省餘以次出鎮衆計沮事聽公決摧彊生枯濯煩疏壅省務清簡六年秋九月移疾北還冬十月拜江南行御史臺中丞辭明年召至京師拜資善大夫中書左丞時朱

張氏得罪省臣率譴逐唯左丞相兩新平章洎公凡四人調爕政務浙西水沴民饑山東歲凶盜充獄公議發官廩周甇之縮湧價舒市易泄富足通閉遏責兼并仁客佃民能施米上三百石爵有差得米石五十萬救吳越餓殍爲藴出官緡八百五十餘萬郵齊魯歛攘亦息選清望臣使十道宣撫天下採利病得失黜貪暴安善良江南官民田賦均減三之一南方學浮圖氏號白雲宗者髮而妻子田宅訹愚民託祝釐追徭賦倖習甘賄奏爲總攝錫印章郡縣酋豪名

署七千餘所衆數十萬於是罷之斥散黨與同民賦役時順德忠獻王荅剌罕與右上同心輔政遴庶官齊百度罷斜封汰冗員絶寶貨約濫支節淫費量入制出擇民牧屏世守定賦律除虐禁明婚制阜民生綱正目舉有中統至元之風公粹美高亮行修潔年十六七志學慨伊洛究洙泗完經大史諸子百家該洽無不綜一以仁義爲根極孝友行業著見州閭大臣交薦聲名日振世廟方大有爲衣冠元老森然以所能輔經緯公翺翔上下佐畫開先寔與有力歷事

五朝才識弘經濟功名映寰海德望尊廟堂忠信締淵穆懸車私第嗣聖繼明眷注益渥使車累召進必勇退從容事外二十餘年壽考康彊几杖清寂手不釋卷搢紳造之非聖賢中道經綸大經置不談聞者隨其器量大小皆潤溉天下望之若瑞星神岳素縝嚴[illegible]飲食動靜皆有節制居位應務察事理守名法簡易正大物無不容推行所宜不膠不固大政大節利不回威不屈仁勇沛然綽有餘裕古遺愛遺直公兼盡之於戲 世皇長駕闊馭綱羅英才培植之久大

德卿相稱賢無右公者養賢資世豈易言哉公娶某氏子男某某孫男某某年月日葬完州某鄉某原公弟之子曹州判官克和以國子助敎張執中所狀公行遂以銘託嗚呼公往矣文行事功百世師也其敢以昧陋讓銘曰

皇元統天大定於一聖聖明明崇建皇極三光五岳氣象渾同天產人瑞以弼帝功瞻彼恒山巖巖大茂挺生尚公神峰綜秀始遇世皇邁績華勳禮樂稽古稼穡養民鴻臚大農事係賢哲左右後先夬夔稷契

朱轓五馬衛源之滸里詠塗歌神明父母孰驁皇靈匕鬯震揺用輔執法正色立朝孰鬭民力烈火凝霜用使四方雨澤春暘孰縱陸梁擢我獬廌用立憲紀鋝稜益大孰狥貪饕柅我鴻鈞用握政柄化育載新年鄰七袠勇於告老天制臣義豈曰太早昔也廟朝淵淵昞昞軒后之鑑神禹之鼎今也鄉社于于雍雍天下之表入中之龍有謁其庭鄙吝清滌㢘頑餘論皆世藥石道德之容禮樂之度大醉而醒孰寐斯寤善數數之侯卿侯公百歲完潔其誰凝隆有德有文

有位有壽功在史牒名垂宇宙大行嶙嶙滹易沄沄刻此銘詩相配無垠

大都路都總管姚公神道碑　　　孛术魯翀

公姓姚氏諱天福字君祥拜監察御史彈擊權臣無所顧畏世祖皇帝賜名巴而思國言虎也其係出唐賢相文獻公元崇文獻諸孫伯祿卒絳州觀察判官葬絳之稷山縣南陽里繇是世爲平陽絳人公考處士君諱君實字仲華甫冠避兵鴈門金進士趙泰以子妻之生公及和衆主簿天祿公姿白皙美風矩童

丱不凡聞處士訓忠孝奉受惟謹從事郡府挺潔不
群僚輩畏之仕懷仁爲縣史世皇以太弟駐白登公
從縣進葡萄酒見奇之留侍宿衛至元初丞縣懷仁
太師楊濶濶出薦其能於丞相塔察兒丞相奉使朔
漠修睦宗藩引與之偕五年立御史臺丞相爲大夫
奏授架閣管勾秩將仕郎十一年以承事郎拜御史
十三年江南平冬十二月宰相銜怒左遷同知衡州
路明年春三月以朝列大夫改河東山西道提刑按
察副使佩金符夏六月拜治書侍御史秩中順十六

年春使憲淮西江北道秩嘉議十八年憲江南湖北二十年夏憲遼東明年春以母老請歸養不允二十二年春召爲刑部尚書秩通議逾年總管揚州不赴二十六年夏復憲淮西秩正議三十年拜中奉大夫甘肅等處行中書省參知政事以親辭改肅政廉訪司成宗即位使肅政廉訪於陝西元貞元年春三月還眞定總管冬丁太夫人憂自鴈門徙處士君柩合葬絳之稷山中書起公還眞定大德三年春二月拜江西行中書參知政事辭奉使山東還四年秋七月

以通奉大夫參知政事行大都路都總管兼大興府尹本路諸軍奥魯總管管內勸農事六年春正月二十有八日薨於位年七十有三公至元名臣勳德焯著其薨也朝廷悼惜吏士護喪歸平陽以夏四月某日喪穸山西北嘉禾里泰定三年以子侃請制贈正奉大夫河南江北行中書參知政事護軍追封平陽郡公謚忠肅天曆己巳侃以公行實徵銘神道之碑不獲終辭因採其本末而次第之公始爲御史條奏宰相阿合馬罪二十有四召廷辯公枚數其罪彼輒

引服數至於二氣沮情駴上動色若曰此三者罪已不宥目公曰已而思臣下有違太祖之制干朕之紀者汝抨擊勿隱廷臣震悚其事今祕世未有聞時方倚相理財姑釋不問衆亦爲公危之太夫人趙君有賢識勗公曰國爾忘家汝弟盡力果不測吾追蹤陵母死日猶生平公泣謝白其良曰萬一得譴乞不以老母坐連也語聞上歎曰是母子有古義烈勑侍臣董文忠宣付史臣書之監大名小敢普得罪御史按之至見毆辱繼用公往問道微服入境察悉其情還

取驛抵其所摘抉如神簿責死罪十有七械送輦下俄以宥貫經臺門大訢公在察院捉捕之目撿行囊得賂侍御史安兀失納救免狀卽桎敢普而祕其事夜用巡符託詗邏奄至一道士室盡獲其賂明日陛奏上曰彼七死猶赦汝欲何爲公對罪十有七條七留十餘誰歸咎上悟戮敢普斥安時御史大夫二安善甚一既斥與所善猶雙陸禁中公曰安庻人耳豈得與大臣狎叱令起座皆失色公卽入奏一蛇九尾首動尾隨兩其首行不能寸今憲不綱蛇首二也上

曰然一人二冠可乎召兩大夫諭以公言大夫孛羅懼以年少自劾罷有讒提刑按察之不便者有旨罷之是時廣平貞憲王月呂魯爲御史大夫公告之曰往者悖叛蝟起鄣塞見聞今列憲宇内廣視聽虞非常慮至深遠不但繩督有司而已也縷縷陳之大夫悟矍然曰幾失是夜造禁密詳奏上曰此天下安危計也其勿罷會駕北幸所擊相馳騎士縛公閲其家脱粟數斛外得言事故稾羅織苛毒公亢聲曰乘輿行狩戕害言臣宰相寧欲反邪捃拾無所得斥還衙

州俄憲河東太原民饑開廪賑䘏議者以擅罪公上知不私置勿問朔方兵與役民轉粟人畜顛踣公曰執政非策自歷其本也投劾論奏改和糴疲瘵爲蘓留遷治書出憲淮西先是蘄黃有叛者將吏賊獲良民以萬數公皆理歸民伍衆感泣相率立生祠徙節湖北効輔臣楚國公罪以聞上閔其有勞爲痛治其黨會阿合馬敗大遣使治官屬遼東宣慰使阿老瓦丁權黨也侵暴亢横召公使遼至則封府庫究簿書審事察冤正魁惡著公道使還即命長憲遼東公疾

驟夜入詰旦蒞事民懽吏愕郡縣竦動初遼朔旱蝗公至雨澍蝗滅其境域烏桓白霫故地也民喜畜牧習射獵不事耕學公教以稼穡詩書居數年農廛士耆民之孝者旌之不義而訟積民不決者訓睦之稔惡者懲艾之武平縣民劉義訟其嫂與其所私同殺其兄成縣尹丁欽以成尸無傷憂懣不食其妻韓問之欽告其故韓曰恐頂顖有丁塗其跡耳視之果然獄定上讞公召欽諦詢之欽因矜其妻之能公曰若妻處子邪曰再醮令有司開其夫棺毒與成類并正

其宰欽悖卒臺章以公詰平灤按總管劉捏古伯公
至劉欲遯去公密令憲傔張仲威作漁人匿西城橋
伺之劉果與吏徒會橋下謀掩其慾仲威得眞公一
問皆伏吏胥之黠而虐扼民之吭而快其所欲而民
莫敢梗者率以罪黜平灤都吏張氏予尤狡而忮梜
去之遠近震讋道行遵化風旋馬前公默謂之曰汝
寃從我吾爲汝理至縣舍風卽見令縣以櫜鞬士從
憲傔覘之信宿及蓊鬱而風息得五尸皆短衣其一
衣中得小印公下令居賈行商以端匹赴縣聽和市

辨之賊果執遺粟歲輸灤陽使督運急時民方饑公曰吾忍視邪出粟賑糶使不敢沮民賴以生遺人以公政通神明追思惠化立祠頌德入長刑曹讞獄與衆不合歸卧於家竟如公言衆得罪公望益隆淮西不治復握使節申飭舊規風采立變初宣饒徽數州有亂者官軍併俘齊民加以刼掠絡繹淮境公責守令嚴津防峻訶譴民復其鄉者數千餘家帥臣昂吉而闔淮殆二十年位中書右丞以宣慰使操制兵民黨結中奥其子亦握兵煽虐奴官屬轢風紀莫敢誰

何宿盜數十出沒淮海陸梁自宋末有制者宋亡帥葆芘其徒通納賄賂縱其所爲公遣健士襲捕得所匿兵仗貲財定案市殉者七人自是帥漁鷙狀百出公疏其跡取驛上聞帥餌驛勿給公潛前走得驛馳去帥遣兵校丁文虎追刺公至六河館不及公至揚州文虎亦至誣公於行臺俄而六河館人以刺公狀聞文虎被執公赴覲制遣近侍阿朮治書侍御史萬僧馳訊帥以罪廢已而赴闕以擅殺淮賊譖公不中憤而變淮境大寧丞相桑葛之黨虐平陽者尤劇其

敗也用公尹其府以清宿蠹詢父老得郡邑田里眞
僞利病緩急先後審行之民輯事理遼西吳氏子廣
爲女巫行眩衆事之若神人公洞其詐擿至府吏欲
案究公曰亂常之跡可修言邪立命撲死衆驚服政
化無阻崇館宇引水置磑植柳代樵會歛爲紓眞定
都會南北馹傳雜沓事弊民瘼大臣蠟眞奏牧守非
公不可遂尹眞定導壅治棼生枯壯弱日聽怨訟鑒
隱破堅動無泥閡人人竦慄衆走府治瞻判決優肆
爲空初饋餉不克徵需日困公以楮鏹貸民因毋取

息蕃畜孳豐廩稍闢大賓館水磑創立如平陽用有餘裕宗親之位傔從之區秩秩井井甲諸路歲省官緡而下不加擾憲人撫細故劾公中書敷奏事不涉私法可施用宜著令式以示他州制可郡人集衆象龍祝雨公曰無益令撤去廼慮獄囚底平允雨大霈驛置新樂北阻泒水使价車騎自南而北者雨溢夜瞑野次無所建議徙置泒南衆大便順築寺五臺督民運木奪農癏衆令方急公不從府懼佐貳交諍之公曰吾民牧也惟民是卹請待農隙朝省爲允欒城

盜殺人取財夜舁尸置民隆氏邸縣胥擬隆氏父及二子當死械囚送府哭於庭尸母辨贓無其子印識公疑之會使者決大辟公詒他賊承盜殺狀隆氏獄緩真盜遂獲黠吏退胥之在民間者不啻百數刼持官府而肥其家咈其心則禍之筦庫稅廩之徒往往破產質妻鬻子以償所欲而不敢與辨公劾農諸縣得其姓名枝死數人質鬻者還之餘多遁去或改行爲善士其尹京也立誠信繩桀驁挫强禦卹惸弱事至而斷豪右斂迹三河民藏古銅印愬家訟曰將謀

作亂縣榜掠其囚使符所訟至府辨其文曰三河縣印公曰何亂之爲以不輸官罪之制令尚廐芻稈以鹽易諸畿民霖溢害稼公請市旁郡户部據令督責上下洶懼公帥京屬從部白省竟以公謀寧息京甸京人弟假姊財不券姊豋益貧弟貲益富姊豋徵財弟曰有券即與姊憤愬聽者難之愬於公諭之曰汝但歸俟徐詠刼盜扳弟對詰大懼吐實暨姊中分其貲公果毅直諒立朝敢言操行清介忠孚信格有賜輒辭上至引唐太宗賞魏徵故事曉之對曰臣言分

也受賞非分也竟不受持憲總郡皆有威惠舟淮赴鄂民衆衛送不絕盜聞之戒其徒曰姚公正人也勿犯性孝太君年踰大耋公拜參知政事甘肅難於輦養辭不往世高其行縉紳推論聖朝人物骨鯁有爲終始不貳其操者公當第一固確論也葢嘗稽之鴻惟世祖神鑑睿算長駕遠馭文武效能光輔丕業甸萬國冠百王盛矣然廊廟岳牧邪慝間出兜鯀三苗唐虞猶病於是大植風紀明目達聰以弘至治公當至元之際奮下列摶權奸蒞方州滌巨蠹自能使辨

撻不能措其喙仇憤無所憑其兇風槩氣節炳燿一世淵衷之所孚公論之所與豈徒然哉其忠義剛大蘊積有素故也公敭歷四十餘年功名事業磊磥赫奕侃訪輯遺軼既久始備因嘆世有家者之子與孫或不侃若先烈湮滅可勝惜哉敘而銘之或有待也公始娶趙氏繼楊氏皆平陽郡夫人子男三人壽童蚤卒祖舜祕書著作郎卒侃内藏庫副使楊夫人子也銘曰

帝運開天中統至元人傑斯寶匪寶璵璠惟天聰明

憲象執法元化宣朗昭融六合堂堂忠肅始我鷹冠
讜言正色英風夏寒虎炳其文山立殿陛禱杌饕餮
魍魎魂悸宸扆凝邃上動天容庭有直臣賡儆其同
有鑒其明有玉其潔桓桓其勇夬夬其決孰撓斯曲
孰鍊斯柔善善並親惡惡並仇雖千萬人莫沮吾往
如脂如韋有泚其顙侯符三剖憲節六持義槩秋凜
仁術春熙上亮其忠史載其信何勸不懷何懲不震
碣石之北淮海之南社稷尸祝無怠其嚴渟淹溶溶
霍岳峩峩其融其結百世不劘台鼎之崇芥視不屑

京尹之雄莫仲與伯有烈終始無間險夷誰近而忽益遠而思汾川西流河水東會稷山之銘惟以永配

參知政事王公神道碑　　　孛术魯翀

至大元年汴梁路總管兼府尹王公年逾七十拜參知政事行尚書省雲南秩中奉大夫仁宗皇帝以公至元大德名臣拜昭文館大學士皆不果行延祐元年冬十二月七日薨汴私第春秋七十有九明年春三月十二日歸葬趙州寧晉之金符鄉換馬里中書以臺疏列公行績以聞贈通奉大夫河南江北等處

行中書省參知政事護軍追封太原郡公謚忠穆元統元年冬其仲子承務郎萬億賦源庫提舉鈞以翰林待制蘇君天爵狀徵銘公碑翀汴諸生也其敢辭公諱恍字允中世居寧晉曾大考進晦彩不燿大考守忠金承信校尉考玉太祖皇帝威行中夏率郡民款附從太師國王木華黎用武有功累官定遠大將軍慶源軍節度副使夫人王氏生公剛毅正直讀經史不事空言能見之行事裕皇位儲宮取勳舊子孫入侍公被選忠恪小心十有餘年日慎一日或因事

進說明諒不阿世祖皇帝察其能至元十七年拜山北遼東道提刑按察副使秩朝列大夫東藩諸王麾人縱暴民大厭苦公繩以法遂歛避不敢犯宰相阿黑馬掊克固寵希合之徒言利徼倖小吏耿熙告北京宣慰臣逋官緡若干萬既聞勅徵之熙懼失實增益制勅逮繫百餘人公疏其妄熙獲罪裕皇賓天儲極虛位帝春秋高中外危之言者遂衆未見允可公建言陛下臨御多歷年所至元初豫建太子天下歸心鶴馭上賓臣民憂懼惟早定大計以幸宗社章三

上帝俞其言俄勑皇孫佩信寳撫軍朔幕大業乃定二十四年憲河南時南北旣一無俚兇慝畧民子女轉賣四方公謂此徒於聖天子仁覆天下之政梗害非小建請嚴立法禁從之遂著令甲息民汪清占息民籍已再世矣兵豪狀愬帥府曰吾亡奴也即馳騎數十殺清滅口取其妻孥貲產清子成逸出赴民有司愬之兵民文移往來數年不決賴兵朱喜始以避亂奴於人其主知其難於奴也集鄉胥里長同署券免之隸賴兵籍已又喜家火其故主子謂券已焚而

復奴之喜持券出愬訟不決皆詣公愬之稽清占籍以歲壬寅其奴亡以甲辰喜券足懲白之鎮南王府誣者皆屈明年兩訟之仇結近侍誣奏公狥制下中書遣使收公案訊公疏臺請聞有旨馳召入見敷陳盡底蘊帝大悦曰若人非素餐者勑省臺讌慰還職近侍及使者皆以賕敗清喜數百口脫虎咥繪公像事之二十七年置肅政廉訪司以新憲度明年公副使燕南河間鹽漕官守盜用賦緡十餘萬覈正其辜諸王分地恩州其下以錢貸民加倍徵息公令于母

相當則止餘有罪先是以民入兵限私田四頃優其家公曰國家取天下以來兵無寧歲今海內雖定征戍遠方一兵歲費不啻千緡區區限畝豈易克給在民編者守令猶歲差富貧以均其力一入戎行永不可變請增田額使無饑寒內顧之憂不報其後以兵力乏竭勑樞密召公等會議以真定順德廣平等路俾之詢簡得富民數百家充兵兵之貧者遣還民伍人服其平公以舊臣屢憲方州至是威名益振三十年拜廣西肅政廉訪使秩嘉議臺檄以其廉能曉諸

道疾不赴成宗皇帝卽位元貞二年春使憲河東召見柳林撫慰優渥會并汾旱饑請發粟賑哺全活者衆五臺天連佛廬勑中書擇銳事吏董役工部司程陸信驅民夫數千冒險伐木死虎豹蛇虺者百有餘人其時皇太后幸其所公入言以寺福民福未及而害已甚非初意也徽聽開悟減其役仍賜䘏死者家宗王分土并門廩餼歲取民間或不能供輒立契約母息倍稱或不能償隸其子女民患苦之公請出錢緜官贖還其親者百二十四人於是諸王膳貲歲領

於官民瘼始蘇王嬖臣哈塔不花怙威肆虐公按正
款伏王爲之請弗聽王馳使譖公上未信會駕北幸
罪人亡走愬公不法勅中丞崔彧問之俄彧卒駕還
復愬詔省憲雜訊之無驗愬者抵罪由是王禁戢藩
傔民境晏寧大德三年遷江陵路總官不行七年遷
汴梁汴故宋金都邑號難治公至省人憲人以公舊
望不敢以府屬晲之政訟之難悉聽鑑裁下無隱情
久之政清訟簡吏民歌詠方宋包拯公蒞汴之四年
歲次丁未河決原武注汴宋汴尤急吏士具舟楫以

宣漂溺民大懼公白省請疏導順下勢家以田疇不利難之公曰吾守臣也當任其責即行河決壅以完城邑水息大築隄防羗族斂手居鄢陵者萬餘室民役不預公督使趣工得萬人不日隄成民至今思之公精明有斷不畏強禦所至興學獎士修政新民不專法令威愛兼行爲世名德故姚文公燧劉文靜公因與公游雅相敬尚蘇君公鄉人也時賢言行優於志載其言曰世皇天縱有爲公及陳公天祥程公思廉姚公天福皆骨鯁敢言視社稷民物利害若疾痛

嗜欲在巳才猷風采凛震一世庸夫庸婦知其姓字豈聲音笑貌爲哉天故生之以弼治故善論也公夫人張氏封太原郡夫人子男二人曰鋭曰鈞孫男三人洙浩以冑子肄業成均淵幼鋭鈞皆有學行翀固知之其諸孫爲冑子皆馴謹向學佳子弟也助教陳旅云銘曰

世廟帝運鴻惟永年仁浹義洽德崇配天咨謂裕皇左右前後侍衛僕從詢賢世冑時也憲穆宿衛青宮行必循矩言必見忠涵育有年一靜一動帝口良哉

才可試用卿貳東臯蒞四品秩碣石醫閭光昭化日來歸定省遂蒞河南上觸廷怒下讋狠貪帝曰忠哉斯豈尸位丞相御史燕勞還轡皇鑑昭明飭新憲綱卿才而舊益勵干將太行西東鴻河南北草木知名山川正色棲遲晩暮尹洧四封宋陳許鄭春陽誕克偪側將迎於此大府齒健而獰猶憚叵處上獲下順居五閱年華髮蕭蕭益壯益堅其卷其舒大義終始鋼百其鍊肯柔繞指五握憲節郡符再分洪波砥柱矻立不群致預鈞軸逖矣其道文崇祕館允也其耄

之顯高明之幽神明之地列岳之天列星瀆海之郊
邯鄲之鄙刻豐碑徵信惇史

元文類卷第六十八終

元文類卷之六十九

趙郡蘇天爵伯修父編次

元　太原王守誠君實父較訂

傳

李伯淵奇節傳　曹居一

居一北渡河，常欲作李伯淵傳，既少暇，且未詳其事，竊有待焉。歲戊申夏，卧病相州，俄故人僧洞然過客舍，因語及鼎王辰之變之後之事，始悉伯淵誅崔立之所自。益惠安長老恩公有力焉。初，京城荒殘，恩公徒居皇建院一日莫夜侍者入告曰有戎衣腰金符者醉墮馬門外從者不能起或致寇吾得無累乎令視之識者謂總帥李伯淵也使扶詣方丈慭俟其醒語之曰當此大喪亂公何心嗜酒如是生爲男子與其徒沉溺於亂世曷若立身後不朽之榮名哉伯淵矍然若有契於衷者見於色黎明乃召同志黄惆元帥者相與拜恩而師焉居無何往詣恩屏人而言曰崔立狂豎乘國家傾危天子播越輒敢叛亂乃爾吾欲誅之久矣師謂男子身後不朽之榮名其在是耶

恩拒不可曰爾何遽出此速禍語殆非老僧所敢聞者伯淵泣且誓恩察之誠也乃握手嘆曰吾情亦不能匿矣公知老僧故不去此禍亂之地否吾天地間一閒人自相州遭遇宣宗荷國厚恩二十餘年矣圖報萬一此何愛焉在吾教中有大報恩七篇是固當爲者但患力微援寡事不濟耳今幸聞公舉非常之事樹萬世之名使老僧朝見而夕死無憾合爪加額曰惟以必中爲公賀未幾適驛使有相困者伯淵因之入見崔立紿曰丞相避擾不出則今日之事有大

不安者立欲出心動乘墮輒欲回伯淵厲聲曰我輩兵家子偶墮馬又何怪焉因強其行至故英邸之西通衢中忽有人突出抗言曰屈事願丞相與我作主且呼且前伍伯訶不止直詣立馬首挽其鞚時伯淵驂右卽拔刃抱而刺之洞貫至自中其左掌與之俱墜馬崔尚能語曰反爲賊奴所先隨斃伯淵暨黃慖等五人實共其事乃大呼曰所誅者此逆賊耳他人無與焉稍稍屏竄蜂逝帖如也遂磔崔立之尸祭於承天門下一軍哀號聲動天地翌日奔宋恩公在其

行時甲午秋七月也嗚呼金之亡也以忠義聞者不爲不多至於表表獨見於後世者得三人焉壬辰正月陽翟軍潰奉御完顏陳和尚死戰陣其罵敵不屈似顏杲卿癸巳正月京城不守同判睦親府烏古孫孛吉死宗廟其守節自盡似北地王諶甲午正月蔡州陷右丞完顏仲德死社稷從歿者幾千人彼敬翔之死國田横之感士有不足方者太史公曰非死之難處死爲難蓋貴得其死所也來歙遇害光武賜策曰憂國忘家忠孝彰著此三人者有之今夫伯淵不

幸不得在三人之列然可重者身非出於素官世祿雖有軍伍中未嘗爲國家所知況當易代革命之後雖賁育之勇安所施而一旦蔑視糜軀手誅叛逆號祭亡社盡君臣之義竟不隳冦讎孤軍出奔偉哉後世視之其亦三人之亞歟李姓伯淵名也或云燕都寶坻縣人餘不可考姑載此奇節以附野史之末云

金同知沁南軍節度使事楊公傳　姚燧

金之季年天兵滋張庭臣專謀一力惴惴以不卒保河外爲懼揵河之北縣地數千里信敵牧蒐其中不

敢認尺寸爲已舊時則有若滄海河間恒山遼陽易水平陽東莒晉陽上黨九公集剷殘餓羸之餘收其魂魄化悴爲果出而用之或一二年或三四年七公竟無事効相繼亡敗恒山聲言入援蹴踖不敢近京師形渉擁衆自衛獨上黨不首鼠謀去就提孤軍鬭府馬武根窟潞澤沁輝懷孟衛七州之心終始北捍者十二年最名純臣戲下激義多節死聲跡著者襄垣銅鞮襄垣懸府五百里輞鞮襄垣又百里府控十餘壁皆阻山爲守獨襄垣居易地受敵西北東三道

之鋒府議非得縣上招撫使顯守不可牢卽版顯移縣衆往始顯部將有楊公者與顯同里用武略聞顯戰每求副往連以勞得官至是從守襄垣籍其部衆纔一旅合縣民得千人敵嫌梗已未嘗涉旬月不一至公開門延之晝止其驅夜斫其營凡戰禦事朝荷夕集不以勞顯若此者五年其後塹夷城穿如蠭室石積其下者四望各盡一射人心轉一不綫髮搖敵以爲難稍引不逼會從顯從上黨公再復潞州皆再有勞詔進顯銀青榮祿大夫沁州節度使元帥左都

監行元帥府事公懷遠大將軍同知沁南軍節度使事時縣官調用特怯其待戰勞一賫以官地多入敵懷數告身無所上槩遥領故仍治襄垣公一日請顯曰以今形勢襄垣今年蹴明年保無馬武願分部曲百人立鞆鞮以緩兵衝顯允以便版公以前官行鞆鞮令公至治柵北磧處艱危中且朞年聲呼喋招山逋谷竄稍出集附敵悉衆攻公行夜至監樓褫衣止宿其上中敵偵刺未殊猶張空拳搏數人以償顯聞哭曰鎩吾翼矣明年顯死又明年上黨公釋師養安

京城一實公言公代人諱闓少孤鞠於姊之夫禹家
即今榮禄顯也始顯以募兵戍郡遷戍潞改孟戰有
勞調臨洮司録臨洮尤深地戰又有勞遷招撫縣上
取上黨節度公一從行死事之年生二十有九後卹
于年子仁風謂燧宜傳庻他日職館者得涉筆以承
金史之漏云仁風歷懷邢洛三治中有善政

烈婦胡氏傳　　王惲

劉平妻胡氏濵州渤海縣秦臺鄉田家子至元庚午
平絜胡洎二子南戍棗陽垂至宿沙河岸夜半有虎

突來咥平左髃曳之而去胡即抽刀前追可十許步及之徑刺虎劃腸而出斃焉趣呼夫猶生曰可忍死去此若他虎復來柰何委裝車遂扶傷携幼涉水而西黎明及季陽保訴於戍長趙侯爲救藥之軍中聚觀哀平之不幸咤胡之勇烈也信宿平以傷死趙移其事上聞得復役終身噫胡柔懦者也非不懼獸之殘酷正以援夫之氣激於衷知有夫而不知有虎也平雖死其志烈言言方之太山號婦何壯毅哉

何長者傳　胡長孺

何長者敬德無字或號之爲孤巖善人上海縣浦東民家子樸謹不妄顧語善積蓄會計事吳郡張瑄行船筦庫不十年贏羨莫可勝數一髮不以自私瑄父子方倚之重而敬德棄去矣杭吳明越揚楚與幽薊萊密遼鮮俱岸大海固舟航可通相傳胸山海門水中流積淮淤江沙其長無際浮海者以竿料淺深此淺生角故曰料角明不可度越云淮江入海之交多洲號爲沙吳濵海處皆與沙相望其民頗與沙民同俗類剽輕悍急而狡宋季年群亡頓于相聚乘舟鈔

掠海上朱清與瑄寖爲雄長陰部曲曹伍之當時海濱沙民富家以爲苦崇明鎮特甚清嘗傭楊氏夜殺楊氏盜妻子貨財去若捕急輒引舟東行三日夜得沙門島又東北過高句麗水口見文登夷維諸山又北見燕山與碣石往來若風與鬼影跡不可得稍怠則復來亡慮十五六返私念南北海道此固徑且不逢淺角識之廷議兵方興請事招懷奏可清瑄即日來以吏部侍郎左選七資最下一等授之令部其徒屬爲防海民義隸提刑節制水軍江南既内屬二人

者從宰相入見授金符千戶時方輓漕東南供京師運河溢淺不容大舟不能百里五十里輙爲堰瀦水又絶江淮遡泗水呂梁彭城古稱險處會通河未鑿東阿茌平道中車運三百里轉輸艱而糜費重二人者建言海漕事試之良便省上方注意嚮之初年不過百萬石後乃至三百萬二人者父子致位宰相弟姪甥壻皆大官田園宅館徧天下庫藏倉庾相望巨艘大舶帆交蕃夷中輿騎塞隘門巷故與敵德等夷皆佩於菟金符爲萬戶千戶累爵積貲氣意自得敬

衞方布衣蔬食汲汲以施貧賑乏爲事勸殖父子母嗜進厚藏以速禍菑雖不能盡用其言頗亦損捨今江南北二人夫婦父子施錢處徃徃而在二人者旣滿盈父子同時夷戮殆盡没貲産縣官黨與家破禁錮而敬德固無一毫髮累會杭傅氏施天水院橋東地廣袤十餘畞敬德卽建天澤院爲大釜高炊調食羹豐潔芳腴延方外士行而欲休倦而欲息者常五六十人大德十一年大饑鉅僧方清爨散徒敬德素履爲人信重資施倍多他時來者益衆無意拒色厭

官爲設糜仙林寺中饑民殍者不爲哀止敬德請杭好善有材智人凌郭楊李會道心性澄六七人又擇饑民得强壯者四五十人借菩提寺作粥夜鬻置大甕中明旦饑民以至先後爲次列堂廡下或溢出門外道上相嚮坐虛其前以行粥約各持器來食無持則假與兩夫舁一人執杓挹以注器中食已以次去日鬻米七八石至十石始六月三日止八月十三日凡七十日饑民無死寺側近與往來道上民食粥忿爭奮臂大呼毆擊人敬德詰其前叱拜爭者愧悔請

後不復乃止明年春敬德請破衣集諸好善人收聚遺骼枯骴數十萬具語在破衣傳中夏爲粥如昨歲始五月朔日踰三十六日敬德死年五十七後十八日所餘錢米亦盡遂止緇素咸曰胡不延長者至中壽今窮人無所賴矣天澤院不復納雲水僧餓殍棄尸如山乆莫爲掩云沈子南者茗中故相裔孫嘗爲義烏丞至元十三年兵自義烏作執之如瓺得不死歸客杭猶存妻二女貧甚薪水備就急則如敬德告必得粟錢帛布比十年不厭嘗謂予上海有善人者

憐而乞我䘏其人旣而假予家僮負米問之則敬德也可不謂長者哉

胡先生曰故老言宋嘉熙四年歲行庚子大饑趙悅道尹臨安府發廩勸分恐弗曁奪民死中而生之初悅道無子養南外宗室子孟傳一夕夢之帝所嚴衛如大朝會儀旣謁贊道之陛由阼階端笏屏息抑首傴躬不敢仰視帝告曰與權汝無子捄荒功多賜汝子九人趨下再拜稽首庭中寤以告家巳而生八子與孟傳而九臧應星夊記於書當時湖州作糜食饑

人糜脫釜猶沸湧器中人急得糜食巳輒仆死百步間餓未至死食糜者百無一生婺州顧籜米作糝熟而寒之約餓民旦由東門入與之屨使之北門賦糝西門飲以藥復至東門給錢米出宿逆旅舍與爲買薪蘊旦洗沐廣舍不過棲十人明日復然竟去無一人死長者夜作粥貯大甕中蓋懲胡州事也有意哉

陳孝子傳　胡長孺

孝子氏陳名斗龍字南仲五世大父詢避宋靖康亂繇許徙家杭昌化縣猶號潁城散人以自表大父景

純大母阮年高宋故事郊祭明堂禮祀東朝廷上壽咸詔賜高年爵民歲百太學生鄉貢進士父母九十皆得九品官封告授大父廸功郎大母孺人父天澤澤民治詩應寶祐三年臨安府舉取元樸下第六名文解嘗從葉公採學葉學李公方子李學徽國文公澤民既屢試尚書禮部不中度游清獻公爲相趙忠惠公爲尹葉公爲宰以行能上之招致弗就築室百丈谿上講所學時太皇太后籍未下郡縣內附徽獨不奉詔盜作婺源境上聲動旁近縣澤民挈妻與子

廬深險處以避一歲所病山中斗龍才十三已能奉飲劑廢眠忘食禱神請減己年延父弗效母盛也尋亦病死斗龍處喪毁廬墓哭聲哀切感動行路人有羣鴈集其上飛鳴三日夜鄉里謂鴈靈有知將堊澤民門人士相與私謚澤民文節參政文公及翁題墓上曰文節先生後斗龍娶妻有四子女鄉先生孫公朝瑞以温州路儒學提舉言斗龍侍病服喪廬墓時事移提學得推擇爲宗晦書院山長將之甌斗龍之妻之父之甥盛沖告斗龍曰若母王產若未一歲歸

錢塘聞其家在淸湖中斗龍大驚且哭卽日與婦訣具裝行曰必與母俱歸若弗能得何歸爲初澤民以妻無子也以幣如錢塘求宜子者得王淸湖斗龍生未周晬王歲期適滿遂去吳越俗以女事人期歲歸父母或三五七歲有子女尙不聽留惝惝恐失後聘鬻幣物女固不得自制此禮所謂妾母嫡子它子以爲庶母衆母諸母如是而去者或欲比之棄黜以義斷子不得母薄乎此論也豈嘗得罪於其父哉長孺之妻之父徐公道隆伯謙甫母微亦杭人產已去歸

既長求之百方弗得議用六十歲時母生巳日始爲齊衰三年及是歲之元日以大理卿直寶章閣提點浙西路刑獄公事死吳興之難巳天下若是者固不少使其季世政教脩明如乾道淳熙時風厚俗美男義女貞又安得是則其遂不克振可知也斗龍至清湖訪求母家及其故時比鄰涉二三十年又經亂離固無在者矣逢白髮媪於其處揖而問焉告曰我知之我家與若母比屋我與若母爲兒時作伴侶嬉遊相好若母自昌化歸無幾時與我言當徙江東巳而

泣下我方盛年不識其語之爲妻楚也亦弗問何州有閒兩夫舁若母竹轎西去又折以北與若母鄰者百十家獨老身在斗龍謹識之郎入江東又濟江踰淮復還饒徽信廣德寧國往來數郡間六年一夕舍永豐縣禮賢鎮之逆旅氏逆旅人怪斗龍數過問焉告之故且使偵之其人驚曰吾主人小婦王自言家清湖今王老矣豈若母耶走施氏告良久出詢斗龍父時門巷兒名歲甫去老婦人哭出斗龍哭前拜母子未嘗相見而自知其爲子爲母也施氏曰若母無

子女我家以母還斗龍留三日奉母歸竟如其言母歸之歲夏四月徽盜作溢出昌化境上殺人掠子女奪畜產貨財張甚斗龍爲廬百丈山身自負母婦擁後未至山廬路逢盜數百人斗龍置母夷處稽首曰壯士斗龍幼不知母去壯長聞母在江東行求母六年母歸未百十日即相遭於此斗龍若請夫婦嘗死母老誰當養母者盜咨嗟相約違去且語徒勿更至此山驚母傷孝子心里中人家頗賴之以免斗龍嘗蒔甘瓜圃中秋暮母病渴甚思食瓜而非瓜時斗龍

視空蔓中芃芃然披之與根合莖並蒂兩實者二摘以奉啖卽日渴已疾平明年圃之天羅瓜如甘瓜者亦二二王至今玆尚安健也斗龍作百丈谿書院祠三君子侑以澤民將延師教里子弟學又以百丈源山地五百畝爲義山鄉鄰饑歲斸葛蕨根續食死以瘞達魯花赤阿思蘭取縣學鄉鄰之言及祁陽縣尹章君碩所移事狀廉之而核鋭請旌表斗龍知歲惡民饑官賦食旁午自請無用是妨荒政葢其意不欲人知去年斗龍來錢塘將從長孺問學與之語誠可以

爲孝悌忠信者心欲爲之傳以風勵人子屬其縣士孫壽國錄始末以來且曰縣人之所願得也遂定次其言如右

胡先生曰陳嬀姓有虞氏苗裔周興配胡公以元女大姬而國之陳紹重華祀爲王室三恪及其亡也子孫用國爲氏自秦漢來陳氏孝悌忠信立名當時而著見後世如太丘長輩類何可一二數孝子固其後也潙汭遺風餘響尚有在者哉

史母程氏傳

袁桷

嗚呼余嘗得三卯錄讀之蜀禍之慘誠忍言也夫朱禩孫之死而復生也蜀民就死率五十人爲一聚以刀悉刺之迺積其尸至莫疑不死復刺之禩孫尸積於下莫刺者偶不及尸血淋漓入禩孫口夜半始蘇匍匐入林薄匿他所後出蜀爲樞密使嘗袒示人未嘗不泣下賀靖權成都錄城中骸骨一百四十萬城外者不計嗚呼推是考蓋可悲也蜀眉州史氏由唐吏部侍郎儼從僖宗幸蜀因家焉其先墓在青神將二十世宋世號名族其出蜀也今唯居湖州一房讀

其遺事益悲之史母程夫人穡文忠公之母之族也夫人將携其家下峽江以橐金腰纏之兵暴至伏林莽與鄰嫗謀曰輸金果可生吾兒無資不復能出蜀史宗誠無噍類矣縱得生旦夕兵復至亦決死均死死以全史兒誠不恨嫗見身死爲吾出腰中金告兒使速走須臾兵果執母謝以實亡金遂遇害翼日嫗語於鄰告史氏兒兒甫十三從草野得尸如其言窆以歸且亟圖其象識曰史光母年五十有四嘉熈二年十月二十七日申時死兵難兒遂東南來古籍湖

州刻意自奮以右科爲潮東兵馬鈐轄鈐轄生子圭文嘉定儒學教授嘉定生子台孫介喜孫台孫儒術通吏文復有子幾人而史氏繇嘉熙至於今且四傳矣噫蜀繇秦帝入中夏至於宋凡一千五百餘年文物大盛絕不知有兵革一旦掃削殆盡迄今百餘年遺墟敗棘郡縣降廢幾半可哀也已可哀也已

贊曰婦人內德不出門房中歌縻戰國而下俱不幸以著非得已也諱莫甚於死從容反復烈士猶難之況士女乎歐陽公傳斷臂婦人以愧馮道夫人以死

傳宗承平世澤於是乎見作史者烏得廢諸

李節婦傳

揭傒斯

李節婦者姓馮氏名淑安字靜君大名人山東廉訪使時之孫胡州錄事汝弼之女山陰令東平李如忠之繼室也如忠初娶蒙古氏生子任數歲而卒繼室以馮氏生子仕一歲而寡有遺腹子父沒兩月乃生名之曰伏訃至東平李及蒙古之族相率至山陰盡取其貲及其子任以去馮乃賣釵釧質衣服權立二喪於山陰蕺山下獨攜二子廬於墓時年始二十二

唯布衣蔬食羸形苦節躬織紝爲女師以自給居二十餘年教二子皆成學遂遷二喪反葬汶上邑人王毅以中書平章政事在告爲親臨其喪而銘其墓齊魯之人聞之莫不嗟咨嘆息有爲泣下者李及蒙古之族皆大愧悔羞見馮母子馮視子任反出已子上中書參知政事王士熙侍御史馬祖常禮部尚書孛术魯翀翰林學士吳澄集賢學士袁桷奎章閣侍書學士虞集國子司業李端太常博士柳貫輩爭爲文章盛誇道之山東浙東羣有司交上其事於朝請褎

畀焉其子仕伏事母極孝皆掾太府有廉直聲而好學不倦

史氏曰李之初喪也其族及其妻之屬能扶其二喪攜其母子逕乎汶水之上而撫存之其義孰加焉乃不遠二千里而來直利其財也當時亦豈欲挾其數歲之子以去惡其無名耳以二族之人生長鄒魯之邦乃不如一寡婦人哀哉馮氏其亦早有家教乎

元文類卷之六十九終

元文類卷之七十

元　　趙郡蘇天爵伯修父編次

太原王守誠君實父挍訂

傳

亳城董氏家傳　　元明善

國朝龍興幕北走金河南中州豪傑起應以兵而金滅矣若真定史氏東平嚴氏满城濟南兩張氏是也後史太尉有勲王室爲諸氏冠亳城董氏能與之班而又以孝義稱今遂大顯第其譜諜無徵不知世所

自出其可知者徽生哲哲生昕昕生俊俊是爲龍虎公傳自龍虎公起世比而第書之云龍虎公諱俊字用章少力田長涉書史善騎射金貞祐間遭事棘豪城令樹的募兵丘射上中者拔爲將領衆莫能弓獨公能挽強一發破的遂將所募迎敵歲乙亥木花里國王爲大帥而公審所歸遂爲大元人己卯以勞擢知中山府佩金虎符金將武仙據眞定以撼定武諸城定武諸城皆應仙公率衆夜入眞定走仙定武諸城復去仙來庚辰春金人大發兵以張武仙我治中

李全應之中山公軍軍曲陽仙銳氣來戰敗之黄山下仙脫走秋獻捷於大師由是仙以窮降大師承制授公龍虎衛上將軍行元帥府事駐稾城公謁大師曰武仙黠不可測終不我用當備其衝突然之承制授我左副元帥陞稾城縣爲永安州軍號匡國事一委公乙酉仙果害都元帥史侯天倪據真定以叛我之郡縣大氐皆爲仙守公提孤軍介友側間戰者不千人拒守永安仙攻之匝年無所利秋來採我禾公呼語之曰汝欲得民而奪之食無道賊不爲也仙慙

去潛出兵掩擊之仙敗去久之公復夜入真定仙走死內史帥之弟天澤是爲史太尉壬辰會王師圍汴明年金主棄汴奔歸德公及大軍追圍之急城人夜薄我於水我師殊死戰公死之夏四月十有八日也公蚤喪父事毋以孝聞毋喪以能喪聞歲時有事於廟非病不可力不廢拜跪子雖孩乳亦使之序曰祀以孝先也禮宜是凡族親故人待之以恩信里夫家僮接之亦有道汴陷時以侍其軸先生爲賢禮請歸教諸子嘗曰射百日事耳詩書非積久不通屢誡諸

子吾實一農遭天下多故徒以忠義事人俾立門戶深願汝曹力田讀書勿覬非望爲吾累也公忠實自許一心王室不爲夷險少移臨陣勇氣襲衆立矢石間夷然若無事中傷亦不多每慕馬援爲人曰馬革裹尸吾固多援故戰必持矛先士或不可公曰我人臣也敵在前不死顧趨安脫危犬馬不如竟死國事戊子閒朝行在所諸帥獻戶口率增數要利史請如衆公曰民實少而數多需求無應必重歛足承是我獨利而民日憊也且欺君不可其以實獻行元帥府

時狂男子三百餘人期日作亂事覺坐其渠魁餘釋不坐深冀問妖人扇惑圖爲不軌連逮者數萬人有司當之族公力請主者但首惡是誅永安節度使劉成叛降武仙威州公下令曰逆者一人餘能去逆即忠義士予其家才者官之衆果去成降沃州民砦天臺爲賊既破降之他將利其子女是取公曰人降而奪之孥仁者不爲衆義不取南征時人多歸公願爲奴既全其家歸悉縱爲民隣境人有被掠賣亦予直贖還其屬公器度弘遠善戰而惜殺人以樂爲之用

大小百戰戰必克爲政寬而明見人美其田廬召其
丈人懽與之語惰不敏生者怒且罰之民惟恐其離
部不得父依之也父老至今念之流涕嘗蒙全活者
無不額手嗚囪云薨時年四十八子九人曰文炳曰
文蔚帥諸弟事兄忠獻甚得弟道終武衛清軍千戶
曰文用歷事兩朝以誠得於上爲時碩儒累官翰林
學士承旨資德大夫知制誥兼修國史曰文直稾城
令曰文毅同知潭州路總管府事曰文振早世曰文
進順德路總管府判官曰文忠事世祖皇帝二十年

未嘗有過舉嘉謨讜論有人所不能悉知而信於人主者天下士大夫微至閭巷細人無不知名聞其名無不愛重之累官資德大夫僉書樞密院事典瑞卿大德五年贈光祿大夫大司徒封壽國公謚忠貞曰文義蚤世忠獻公諱文炳字彥明龍虎公長子也龍虎公薨時年始十六率諸稚弟事母李夫人李夫人有賢行治家嚴篤於教子公學侍其先生警敏善記誦自幼儼如成人歲乙未以父任爲豪城令同列皆父時人少公吏亦不之憚居半歲明於聽斷以恩濟

威同列束手下之吏抱案求署不敢仰首畏人亦化服縣貧重以旱蝗荐饑而府徵日暴民殆不能生公以私穀數千石予縣縣得以少寬民前令乏軍興貸於人而貸家息入歲倍率取償民之麩麥公曰民困矣頭會箕斂不已足責吾爲令義不忍吾代償乃以田廬若干畝所計直予貸家遂業貧民縣之閒田教之藝而豪不敢奪流離漸還數年間民食以饒初料民敢隱實者誅籍其家公務衆其力而寡其戶衆危不可公曰爲民獲罪亦所甘心民亦不樂公曰後當

德我由是豪民富完至今外縣民或銜負不直其縣而投牒求直於公嘗上計府外縣人聚觀之曰吾亟聞董令董令顧亦人耳何明能若神也府索無厭公抑不予或讒之府府欲中公公曰吾終不能刻民規利即棄官去世祖皇帝在藩邸癸丑秋奉憲宗皇帝命往南詔公率義士四十六人騎從世祖南詔後世祖軍人馬道死亡比至吐蕃止兩人能從兩人翼公徒行鴈領蹢躅取死馬肉續食日不能三二十里期必達會東使過公至軍言狀公弟文忠先事世祖軍世

祖亟命文忠解尚廐五馬載糗糒來迓旣至世祖壯其忠閔其勞勞賜優渥用輒稱旨由是日親貴用事巳未秋上命世祖伐宋至淮西有臺山若者宋光山縣寄治其上命公取之公馳往砦下示以禍福不應公脫胄呼曰吾所以不極兵威者欲活若人也不亟下今屠砦守者遂降九月師次羊羅洑羊羅洑宋之要害也築堡於岸陳船江中軍容甚盛公請於世祖曰長江天險宋所恃以爲國勢必死守不奪之氣不可臣請嘗之與敢死士數十百人當其前率弟文用

文忠截艨衝鼓櫂疾趨士叫呼畢奮鋒交公麾衆走岸搏戰宋師大敗文用颿船報捷世祖大喜戟手上指曰天也明日渡諸軍圍鄂州會上崩閏十一月班師庚申世祖卽皇帝位於上都是爲中統元年上命公宣慰燕南諸道還奏曰人久弛縱一旦遽束以法危疑者尙多與之更始宜赦天下制曰可反側者遂安二年擢山東東路宣撫使就道會立侍衛親軍上曰親軍非董文炳難任卽追授持衛親軍都指揮使佩金虎符三年山東守將李璮反據濟南璮劇賊善

用兵會諸軍圍之瑄不得遯久之賊勢日蹙公曰窮寇可以計擒乃抵城下呼瑄將田都帥者曰反者瑄耳餘來即吾人毋昧取誅死也田縋城降田瑄愛將旣降衆亂遂擒瑄瑄勝兵有浙漣兩軍可二萬餘人勇而善戰主帥怒其與賊配諸軍陰殺之公當殺二千許人公言主帥曰賊由瑄脅從者何罪殺之徒膏草土耳良乖陛下仁聖陛下往伐南詔或妄殺人雖大吏亦罪之是宜勿之帥從之大悔已殺者而殺之者亦自恨失計瑄伏誅山東賊未靖山東搖以公爲

山東東路經畧使率親軍以行出金銀牌五十有功者聽予閏九月公次益都留兵於外從數騎衣裳而入至府不設警衛召璮故將吏立之庭曰璮狂賊詿誤若曹璮誅死若曹爲王民陛下至仁聖遺經畧使撫汝相安毋恐經畧使得便宜除擬將吏汝曹勉取金銀牌經畧使不敢格上命不予有功所部大悅山東安至元三年上懲李璮潛弭方方鎮之横以公代史氏兩萬戸爲鄧州光化行軍萬戸河南等路統軍副使造戰艦數百艘肄水戰預講取宋方略先阨塞

要害盡諸禦備列柵築堡深爲吾利上召公密謀欲大發河南民丁公曰河南密邇宋境人習江淮地利河北畊以供需河南戰以啓土宋平則河北長隸兵籍河南削籍爲民便又將校素無俸稍連年用兵至有身爲大校出無馬乘者臣即所部千户私役兵士四入百户二人聽其顧役稍食其力上皆從之始頒將校俸錢以秩爲差七年改山東路統軍副使治沂州沂與宋人接壤鎮兵仰給内郡饟餽有詔和糴本部公亟命收州縣所移文衆皆爭以違詔公曰第止

之乃遣使入奏畧曰敵人接壤知吾虛實一不可邊民供頓甚勞重若此役二不可困吾民以懼來者三不可上大悟仍舊和糴內郡九年遷樞密院判官行院事淮曰築正陽兩城兩城夾淮相望以綴襄陽以擣宋腹十年拜參知政事夏霖雨水漲宋淮西制置使夏貴帥舟師十萬環攻我急矢石雨下公禦之城上夜貴去復來俄飛矢貫公左臂著脇公拔矢授左右發四十矢許房矢絕索矢左右又十餘發矢不繼而不能張滿遂悶絶幾殆明日水浸淫入郛麾士卻

避貴乗之壓吾軍而陳公病創子士選請代戰壯而遣之公飲痛束瘡手劒督戰士選與貴將搏斬貴將以戈貴將仆不死獲之以獻貴去不敢復來王師大舉入宋右丞相伯顔行中書省自襄陽東下及宋人戰於羊邏洑公以九月發正陽十一年正月會丞相於安慶安慶守將范文虎以城降公請於丞相曰行省兵既勞於羊邏洑行院兵當前行均勞宋都督賈似道禦師陳於蕪湖似道棄師走次當塗公言丞相曰采石當江之南和州對峙不取慮有後顧請先取

和州許之遂降知州事王喜三月有詔時向暑師宜持重行中書省駐劄建康行樞密院駐劄鎮江時揚州真州堅守不下常州蘓州既降復叛久之張世傑孫虎臣誓真揚兵致死於我真揚兵先期敗不敢出世傑等陳大艦萬艘碇之焦山下江中勁卒前左公身犯前左載士選別船而弟子士表請從公願曰吾弟僅汝一息脫吾與士選不返士元士秀猶足殺敵吾不忍汝也士表固請乃許公乘輪船建大將旗鼓翼二子船大呼突陣諸將繼之飛矢蔽日戰酣短兵

相接宋人亦殊死戰聲震天地横尸委伏江水爲之不流自寅至午宋師大敗世傑走公追及夾灘世傑收潰卒復戰又破之世傑走海公船小不可海夜乃還俘甲士萬餘人悉縱不殺獲戰艦七百艘米力自此窮矣冬十月王師分三道而左公由江並海趨臨安先是江陰軍僉判李世修乞降奪於勢不能來城復爲宋公予之檄世修以城來令權本軍安撫使所過民不知兵凡所獲生口悉縱遣之無敢匿者以故威信前布望旗自靡張瑄者有衆數千自宋時負海

陸梁公命招討使王世强及士選往降瑄士選單舸至瑄所諭以威德瑄降得海船五百瑄後至大官十三年春正月次鹽官鹽官臨安劇縣俟救不下招之一再反將佐諸屠縣公曰縣去臨安不百里遠聲勢相及臨安降有成約吾殺一人將誤大計況屠縣於是遣人入城諭意縣降遂會丞相於臨安北張世傑欲以其主逃之海公繞出臨安城南戍浙江亭世傑計不行竊宋主弟吉王昰廣王昺南走而宋主㬎出降丞相命公入城罷宋官府散其諸軍封庫藏收禮

樂器及諸圖籍取皇帝諸璽符上之丞相丞相以宋主還覲有詔留事一委公禁戢豪猾撫慰士女宋人不知易主也時翰林直學士李槃奉詔招致宋士至臨安公謂之曰國可滅史不可沒宋十六主有天下三百餘年其太史所記具在館且悉收入以備典禮乃得宋史及諸注記凡五千餘冊歸之於國史院典籍氏宋宗室福王與芮赴逮京師徧以重寶致諸貴人公峻却不取及官錄與芮家具籍所致貴人重寶獨無公名丞相朝奏曰臣等奉天威平宋宋既已平

懷來安集之功臣董文炳實最諸將畱事謹奉詔矣上曰文炳吾舊臣忠勤朕所素知乃拜資德大夫中書左丞時張世傑奉宋主弟吉王昰據台州閩中尙爲宋守救公進兵所過禁士馬無敢履踐田麥曰在庾者吾旣食之在野者汝又蹂之新民何以續命是以南人不忍以兵鄉公次台世傑遁諸將先俘州民公下令曰台人首效順我不暇有而世傑據之民何罪敢有不縱所俘者以軍法論得免者口數萬薄溫州溫州未下令曰毋取子女毋掠民有衆曰喏守將

火城中逃公亟命撲滅火追擒守將數其殘民之罪斬以徇踰嶺閩人扶老驩迎漳泉建寧邵武諸郡皆送欵來凡得州若干戶口若干閩人感公德最深至今廟而祀之水旱疾病禱焉十四年北圍有驚上將北狩正月亟召公四月公至自臨安比至上曰問來期及至卽召入公拜稽首曰今南方已平臣無所効請事北圍上曰所亟召卿意不在此豎子盜兵朕自撫定山以南國之根本也盡以託卿卒有不虞便宜處置以聞中書省樞密院事無小大咨卿而行已勑

主者卿其勉之公蹴踖避謝不許因奏曰臣在臨安
時阿里伯奉詔檢括宋諸藏貨寶追索沒匿甚細人
寔苦之宋人未洽吾德遽苦之以財恐非安懷之道
即詔罷之又曰臣有專擅之罪初泉州蒲壽庚以城
降壽庚素主市舶謂宜重其事權俾爲我捍海寇誘
諸蠻臣解所佩金虎符佩壽庚矣惟陛下鑑裁上大
嘉之更賜金虎符燕勞畢即聽陛辭裕宗在儲宮公
求見敕曰董文炳任重見畢遣行既見慨諭懇至且
曰上嘗多卿公留士選宿衛即日就道凡在上都三

日至大都五日至中書樞密不署中書參平章政事
阿合馬方怙寵用事生殺任情惟嚴憚公姦狀爲之
少歛執筆起請曰相公官爲左丞當署省案請至再
四不肯署皇太子聞之謂宫臣竹忽納曰董文炳深
慮汝曹所知後或私問其故公曰主上所付託者在
根本之重非文移之細且吾少徇則濟姦不徇則致
讒譏行則身危而深失付託本意吾是以預其大政
而畧其細務也十五年夏公有疾奏請解機務詔曰
大都暑熾非病者宜卿可此來固當愈公至上都奏

曰臣病不足領機務西北高寒筋骸暢適當復自愈請畢力北役上曰卿固忠孝是不足行樞密事重以卿僉書樞密院事中書左丞如故公辭不許遂拜八月上生日禮成賜宴掌禮者奏公坐公坐上坐諭宗室大臣曰董文炳功臣也當坐是每尚食上食輒輟賜公是夜疾復作勑諸御醫日來診視九月十三日夜疾革洗沐而坐召文忠等曰吾以先人死事恨不爲國洗邊今至此命也願董氏世有男能騎馬者勉報國吾死瞑目言畢就枕薨上聞痛悼之良久命文

忠護喪葬藁城令所過有司以禮弔祭制贈金紫光祿大夫平章政事謚曰忠獻敕翰林待制李謙誌其墓翰林學士承旨王磐撰神道

公忠實似其父人主益信之嘗曰朕心文炳所知文炳心朕所知故讒間不行而功立在軍或與長官爭事長官國人持已見不公是公曰第上兩奏得可事乃行長官輒不敢上卒公是蓋上嘗誡長官者曰董文炳老成練事汝父行也事事聽之文炳不我負也公薨後十餘年姦臣桑葛事敗有詔董文炳子名士選者速召入上素

愛士選有文風卽拜江淮等處行中書省左丞召入卧內上曰汝知汝父事朕否士選拜謝曰臣愚不足以知上曰若父忠勤不欺能成吾大事汝士選不必遠學學而父足矣又嘗問士選曰汝知曹彬如何士選謹對曰曹彬云云上曰曹彬不殺降一事較之而父未足爲多必欲盡書而父竹帛有幾也公平居不妄笑語毅然有不可犯之色立朝諤諤有古大臣風故上每論漢人功臣謂可任屬大事者必首公而追惜其壽止於六十二也事人主三十年任大事豫大

議其廟謨廷論遼不盡傳史臣無從考索最著於閭里者孝友天至居母喪哀毀骨立奉祀事一遵其父而有嚴教諸弟如嚴師諸弟事之如嚴君雖貴顯如文用文忠歸休沐不敢先私室侍立終日夜不敢坐不問不敢對裘馬金帛公未嘗先御有即盡賜諸弟閨門之間肅然而諸弟或以過被笞皆悃款受之以改及喪公毀瘠踰禮而思其蚤孤深賴賢兄以成之也世之言家法者比爲萬石君舊家云公好讀書延禮儒士士雖賤必接以禮若金翰林直學士溥南王

若虛先生眞定提學侍其先生軸存則師尊之沒則卹其孤而侍其提學家子孫與之婚姻至今雖在兵馬間教諸子不暫廢公退日一再至塾程其學與儒者講明聖人之道評品史事夜分乃休居官清慎家無餘財其子孫化之亦能清慎世其家子士元剛不下人以氣由內供奉爲武節將軍侍衛親軍千戶佩金牌及宋將姜才戰於揚州身被十七創而卒士選今爲資政大夫御史中丞領侍儀司士秀資豪爽才藝過人事裕宗東宮寵信無比裕宗崩終明威將軍

前衛親軍都指揮使佩金虎符

贊曰或曰爲將三世必敗其後受其不祥董氏貴顯四世子孫數十百人或曰活千人者必有後龍虎公忠獻公爲大將不妄殺瀕死而生之者無慮數十萬人其諸以是爲德與嗚呼董氏其未艾哉雖然繼美大家斬澤仆世孰非人子者

節婦馬氏傳

元明善

馬氏參知政事楊公居寬之繼室錢唐民家女也至元十四年桑葛奏立尚書省奪中書機要又以計傾

罷之先誣居寬等死没入其帑以馬氏賜衛士馬氏託狂疾叫呼遺糞溺不可近竟免侵迫楊氏陰賻之歸遂削髮廬墓誓死不嫁後桑葛敗事得昭雪而馬氏以無子乞歸錢塘養其獨親楊氏許之日紡績給食凡十有餘年大德七年十月乳生瘍或曰當迎醫不爾且危馬氏曰吾楊氏寡婦也寧死此疾不可男子見竟死時年四十餘嗚呼節義於人大矣一或執之不變雖孱夫弱婦使強悍之人降心相下何乃英聲壓世而臨利害之頃一失所守無異禽犢死等尓

不義而生無寧義死此烈丈夫之所以焜燿也馬氏亦足稱哉

張淳傳

元明善

張淳樂師也清州人父德祿始入樂籍淳早孤學軋箏即知求巧既長名貫京師凡爲調曲盡聲韻玄妙入神成一家藝鉅公宴集淳戛新聲四坐爲傾然非其意不可召也名在上所爲管勾爲安和署丞矣仁宗皇帝曲宴淳必在一宴一蒙賚置玉宸樂院特授奉訓大夫玉宸判官降玉宸院爲儀鳳司進淳階中

順遷儀鳳少卿詔造乾箏岳柱龍齦及緣盡玉桐梓金錯之曲奏遂以賜淳加嘉議爲卿甚悅淳每有遇賜辭厚取薄氣不盈而色懼君子益有取於淳云

贊曰帝在位十年天下治平宰相無事以戚之從容肆體而豫焉淳也質直厚和無他緣飾進其絶藝賜之一顧知音者謂唐㧊軋箏以來未必有淳之手自足名世矣嗚呼先朝凡一賢人必蒙超擢不止淳也淳乎其亦殊遇哉

高昌偰氏家傳　　歐陽玄

偰氏偉元人也其先世曰暾欲谷本突厥部以女婆匐妻默棘速可汗爲可敦乃與謀其國政唐史突厥傳載其事甚詳默棘速卒國亂婆匐可敦率衆歸唐唐封爲賓國夫人而默棘速故地盡爲回紇所有暾欲谷子孫遂相回紇回紇即今偉兀也回紇嘗自以其鷙捷如鶻請于唐更以回鶻爲號偉兀者回鶻之轉聲也其地本在哈剌和林即今之和寧路也有三水焉一並城南山東北流曰斡耳汗一經城西北流曰和林河一發西北東流曰忽爾班達彌爾三水距

城北三十里合流曰偰輦傑河回紇有普鞠可汗者實始居之後徙居北庭北庭者今之別失八里城也會高昌國微乃併取高昌而有之高昌者今哈剌和綽也和綽本漢言高昌高之音近和綽之音近昌遂爲和綽也哈剌黑也其地有黑山也今偉兀稱高昌地則高昌人則回鶻也高昌王有印曰諸天敬護護國第四王印即唐所賜回鶻印也言諸天敬護者其國俗素重佛氏因爲梵言以祝之也暾欲谷子孫既世爲偉兀貴臣因爲偉兀人又嘗從其主居偰輦河

上子孫宗暾欲谷爲始祖因以俟爲氏焉以河名也相傳暾欲谷初爲國相適當唐天寶之際唐以安史之亂求回鶻援兵暾欲谷與太子闕特勤帥師與討安祿山有功封太傅忠武王進位司空年百二十而終傳數世至克直普爾襲爲本國相答剌罕錫號阿大都督遼主授以太師大丞相總管內外藏事故國人稱之曰藏赤立屬滅里棘脫脫伯吉叛合剌山王三召克直普爾至則言於王曰脫脫驍勇未易力攻臣少與親善彼不忌臣可以計取今與王期以七日

當斬其首以報乃先遣家僮往取滅里赫馬百匹脫脫使追之則紿追者曰丞相載馬取蒲萄酒見女主爾追者返以告脫脫喜迎之于郊握手歡甚饗公畢謂曰今日易營初脫脫置酒行營二日■易名以饗天人攝之謂哀直普爾曰公其少需我先往遲公至既行乘驛從後大呼止之脫脫止陽曰有密語請屏左右脫脫如其言乃奮曰私恩公義有難兩全者吾奉王命取爾首爾亟拔劍斬之左右股弁不敢動持首白王王悅賜玉深郡地暨牙里于斯博和思于斯

二山狐白裘一初兵出阿胡爾河河水素湍急俄而水止國俗以爲水寐占者曰禱之必有應公以裳盛水初曰願子子孫孫勤勞王家其熾如火其續如繩以忠以孝永保令名言訖以水洒河河水湍流如初又嘗盛暑袒跣卧大樹下鴉鳴樹上心惡之攬衣起且鞾鴉下爪鞾者三方怒提之毒虵自上墮地賴鴉免於螫戒世世子孫勿殺鴉及死之日有神人跪請曰帝詔丞相以劍擊柱斥之神滅公以是年卒葬玉深郡西五里曰潤爾祿名之曰辛子岳弼襲國相爲

答剌罕阿天都督太師大丞相仍兼通管內外藏事七子長曰達林次曰亞思彌曰衢仙曰博哥曰博禮曰合剌脫因曰多和思■亞思彌二子長曰仳理伽帖穆爾次曰岳璘帖穆爾■仳理伽生而敏慧年十六襲國相答剌罕時西契丹方強威制高昌命太師僧少監來圍其國恣睢用權奢淫自奉王患之謀於仳理伽曰計將安出仳理伽對曰能殺少監挈吾衆歸大蒙古國彼且震駭矣遂率衆圍少監少監避兵于樓升樓斬之擲首樓下以功加號仳理傑忽底進

授明別吉妻赫思迭林子弟以瞰欲谷之後世爲其國大臣號之曰設又曰沙爾猶漢言戚畹也未幾左右有疾其功者譖于王曰少監珥珠先王寶也仳理伽匿之盍急索勿失王怒誅寶甚急仳理伽度無以自明乃亡附國朝我太祖皇帝賜以金虎符獅紐銀印金螭椅各一衣金直孫校尉四人飲食供帳殆擬王者仍食二十三郡尋又賞銀五萬兩以弟岳璘爲質仳理伽没高昌諸部塗哭巷弔歲時祠之岳璘精於偉兀書慷慨以功名自許貲算悉以畀兄子身無

私焉年十五以質子從太祖征討多戰功皇弟斡眞奏求師傅上命公公訓導諸王子以孝敦睦仁厚不殺爲第一義上聞嘉之中原諸路悉命統治旣而從平河南徙鄭縣民萬餘戶入樂安以便偃拊尋授河南等處軍民都達魯花赤佩金虎符并賜宮女四人所得尙方賞賚悉輦歸故郡以散親舊且盛陳漢官儀衛以激礪之國人聚觀咋咋豔慕道出河西所過榛莽或時乏水公爲鑿井置堠居民使客相慶稱便太宗皇帝卽位以中原多盜選公充大斷事官從斡

眞出殿順天等路公布德化寬征徭盜遁姦萃州部清整尋復監河南等處軍民年六十七卒于保定令贈宣力保德功臣山東宣慰使謚曰莊簡多和思二子次曰撒吉思風儀魁岸識度宏廓涖事寬猛適宜初爲諸王斡眞必闍赤領王傳事王薨長子賔卜早世嫡孫搭察幼庶兄脫忒狂恣欲廢嫡自立撒吉思與火魯和孫馳白皇后帖列聶氏乃授塔察以皇太弟寶襲爵爲王撒吉思以功與火魯和孫分陜黑山以南撒吉思理之以北火魯和孫理之從憲宗攻釣

魚山建言乘勢定江南必有峻功上嘉納之命世祖取武昌王取武昌王取淮安東西並進未幾上崩班師集闕阿里卜哥睥睨神器諸王多附之王亦首竄進退撒吉思聞之馳見王力言世祖寬仁神武中外屬心宜專意推戴若猶豫不決則失幾非計也王從之世祖即位授撒吉思北京宣撫賜宮人甕吉剌眞氏及金帛章服聚至鎭鋤强懲姦革邪除穢遼東以寧會高麗有異意上遣使究切則委罪於廝臣洪察忽械送京師道遼東撒吉思訪知洪以直諫忤意故

即奏疏爲直前諛上命釋洪俾討叛黨平之山東李
璮反奉詔偕諸王哈必赤等東征應會決機轉戰數
十合生得璮戮于市復濟南益都等五十餘城哈必
赤欲屠之力爭曰王者之師誅止元惡罔治脅從於
是釋囚繫返流逋歸剽掠吹枯蘇簡節疎目傳檄四
封輿情大悅授資德大夫山東行省大都督遷經畧
統軍二使兼益都達魯花赤辭不拜上言山東重鎮
宜別選貴戚臨之上不許因賜京城宅一區益都田
千頃及李璮馬羣園林水磑海青銀鼠裘等嘗慕古

人舉親舉佗之節惟才是用或以子姪爲幕僚或以里閈知舊爲文學官或以叛帥舊卒爲部曲將不顧身嫌專爲國計公論多之兵後民有田乏牛具爲之
上聞驗民丁力官給以牛人得肆耕李璮故將毛璋率諸部謀執之以附江南璋黨禿劉懷其恩以璋謀
上變乃襲璋斬之統軍抄不花畋遊無度害稼病民元帥野速答爾等豪據民田以爲草地隨事表聞得
旨執抄不花減死杖之勒野速等還故土山東諸郡與宋人接境時見侵掠乃扳膠與密等州丁壯屯沂

沓以逼連海宋邊師丁惎懼以所統來降其爲民捍患爲國拓土類如此推賢讓能知人善任名臣宿將多出其門碩望雄名餘五十載忽一夕星殞于舍年六十四卒于京師之南城山東父老相與刻石紀勳德焉今贈安邊經遠宣惠功臣資德大夫河南江北等處行中書省右丞上護軍追封雲中郡公謚曰襄惠岳璘十子長曰爺彌勢普華次曰都督彌勢普華曰懷來普華曰都爾彌勢曰八撒普華曰旭烈普華曰和尚曰合刺普華曰獨可理普華曰脫烈普華都

爾彌勢初從撒吉思討李璮以功奏爲行省郎中繼除博興沂州監郡會丞相伯顔督諸軍取宋慨然曰吾世受上恩此立功報國之秋也吾其從戎乎撒吉思嘉其志謁丞相舉以自代乃與從子撒里蠻俱隸丞相麾下與攻襄樊進兵陽邏堡順流至丁家洲宋相賈似道出視師迎戰奔潰都爾彌勢爲前鋒引大軍乘勝逐北與宋殿帥孫虎臣戰于焦山破之陞蔣安撫翼監戰復攻常州得雋陞斷事官江南旣平擢安豐路達魯花赤行省以其廉能署處州路達魯花

赤時新附之民懷攜阻兵每單騎招降兵不血刃人以四哥佛子稱之後見平章阿合馬竊棟張甚恥爲詭隨居閑養晦五年日本之役以爲征東都元帥又與丞相阿答海李牢山等異議辭行已而阿答海等果敗運使盧懋以言利擢中書右丞欲引爲參知政事知懋不可以共事亦辭不拜後懋果以罪誅遷同知浙東宣慰使司事東陽賊楊震龍作亂鄉民或爲賊應卒討平之朝廷以江浙財計至重命爲行省郎中及桑葛當國屢欲援爲助固謝不就遷太平路達

魯花赤同時平南大臣如丞相蒙古臺高興國公史
弼河南王卜隆吉台皆以兄禮事之一時善辭命都
爾彌勢與阿里齊名行省凡有入奏必命之往每至
上前開陳是非得失披析解駁如指諸掌上嘉賞曰
惟卿及阿里言事能稱朕意爾阿里後秉鈞衡而都
爾彌勢官止廣西憲使卒合剌普華倜儻有節槩好
義如嗜欲恤窮若姻戚恤危蹈難徇國忘身見時父
以斷事官治保定留之侍母與敦氏居益都一日忽
作而歎曰幼而不學有不墮吾宗乎卽趨父所自白

父奇之俾習偉兀書及授語孟史鑑文字記誦精敏出於天性李璮之亂奥敦兵摯季子脱烈普華辟地登萊間音問隔絶號泣徹晝夜尋從撒吉思平亂山東卒購獲奉以歸人以爲孝感所致撒吉思深加器重自謂才具不及言於世祖召給宿衛嘗以王事至益都於四脚山中置廣興商山二冶以勞授金符除商山鐵冶都提舉未及代以職讓厥弟天兵南向饋運繁興被選爲行都漕運使帥諸翼兵萬五千人從事飛芻輓粟夜警晨嚴軍資以濟南北混一與有功

焉事平上封事大要言親肺腑禮大臣以存國家之體興學校奬名節以勵天下之士正名分嚴考課以定百官之法通泉幣却貢獻以厚生民之本又言江南新附宜昭舊族振滯賞懋力穡通商弛征薄入以撫馴其民不然恐尚煩宵旰之慮廟堂多采用其言屬糟米二十萬由刊溝達于河舟覆舟覆損十之一而又每斛視都斛爲虧五十分斛之三時阿合馬秉政責償舟人合剌普華伏闕抗言量之蹢羸出於元降而水道之虞非人力有弗戒彼雖罄其家不足以

償若朝廷必不任虧損臣獨當其辜而已上命勿治政柄者憤無所泄則詆公監寧海路後遷江西宣慰使未之官改除廣東轉運鹽使兼領諸番市舶時盜梗鹽法陳良臣等扇東莞香山惠州負販之徒萬人撞搪相和江西行省命與招討使答失蠻討捕之先驅斬渠魁以訊馘告躬抵賊巢招誘餘黨復業仍條言鹽法之不便者悉祛其害按察使脫歡大為姦利劾奏罷之羣盜歐南[illegible]僭王號僞丞相招討衆號十萬因圖上其山川形勢及攻取之策三十餘條建言

撦刈弗亟其勢長聲生蔓延未已遂與都元帥課兒伯海牙宣慰都元帥白佐萬戶王守信等分兵搤之功最諸將無何右丞唆都督兵征占城交趾素多其知勇屬護餉道比至東莞博羅二界中遇劇賊歐鐘等橫絶石鑾其鋒銳甚於是忼慨語其下曰軍餉重事也望風退縮以誤國計吾弗爲也即身先士卒且戰且行矢竭馬創徒步格鬭踣數十人勇氣益厲以衆寡不敵爲所執賊欲奉之爲主罵曰吾方岳重臣肯從汝爲逆耶正有死爾遂遇害于中心岡時至元

甲申二月之十九日也年三十有九是夕夢夫人希台特勤氏曰廣寇之亂吾死矣言已乘雲而升天矯如龍徑西北而去知事劉閏張德亦夢城門有金榜合剌普華衣金甲指麾其中謂吾死今治此頃若二人為功曹翌日凶訃至俄而閏德相繼死時羣寇未息官軍追捕郡人往往見其乘騅督戰或聞空中隱隱金鼓聲咸驚異以為神繪像祠之生平將兵理財部分明禁令嚴凡所施置後為法程剔歷中外以才幹稱以死節著中朝罕儔也贈通議大夫戶部尚書

上輕車都尉賜號守忠全節功臣謚曰忠愍希吉特勅封高昌郡太夫人盛年寡居貞操凛凛義方有嚴二子長曰偰文質次曰越倫質文質甫十歲刲股以愈母疾粵之人士謂忠貞孝三節備于一家故相與繪爲圖而傳觀之既長名迹獵獵稱其家延祐初守廣德治法風聲爲諸郡最會朝廷經理江浙田糧行省以番陽官吏不稱職委訊其事至則用法外意治貪猾吏爲民害者闔郡稱快改授通議大夫潭州路總管潭爲大郡既至興利除害執法不阿當道嫉其

軋已者搆誣以罪事既白遷贛州路總管尋佩金虎符同知廣西宣慰司事副都元帥會柳州慶遠賓州猺民叛領兵數千進以策誘賊黨擒其渠魁十九龍半天等一十三人以歸賊衆望風奔潰降者幾萬人復置屯田爲守備計開通故道以絶其負固之念省垣憲府交章論薦謂其有文武才略如古良將遷正議大夫吉安路達魯花赤中書嘗檄往廣西海北審斷所至明決既而引年休致家于豫章東湖之上子五人曰僎玉立登延祐戊午第令翰林待制朝請

大夫兼國史院編修官曰偰直堅登泰定甲子第今承務郎宿松縣達魯花赤曰偰哲篤登延祐乙卯第今中順大夫僉廣東道肅政廉訪司事曰偰朝吾登至治辛酉第今承務郎同知濟州事曰偰列篪登至順庚午第今從仕郎河南府路經歷越倫質早歲警敏篤學無子弟之過未仕而歿贈從仕郎山東東西道宣慰使司都事一子曰善著登泰定丁卯第今承務郎天臨路同知湘潭州事文質嘗謂玄曰吾宗肇基偰輦今因以偰爲氏盖木本水源之意也且高曾

以來勤瘁王家翊興大業而俛仰陳迹非托之文字大懼湮沒無以示來者謹具世次履歷以請玄惟太史公論贊夷齊顔跖反覆致意於天道報施蓋甚惑焉每讀之輒廢書而歎以爲古今同一轍也及觀偰氏世磊砢相望勳節在國利澤在民雖汗簡所書何以尚此諸季起家擢科如射命中異時以涵演迤碩大顯融無落於其世識者已有以覘之則是溉根而食實售物而取償天之於偰氏獨昭昭不忒如是異乎前所聞矣使造物報施每率是道天下冇卜樂爲

善者哉又惟別生分類古之道也偰氏遠稽前聞遡厥本始以垂方來綿延百世遂爲中州著姓實自今啓之厚之至也凡此皆予所嘉稱而樂道者敬最其實爲作家傳後之秉筆紬金匱石室之書者則或有徵於斯文

元文類跋

右國朝以來詩文七十卷，右司都事趙郡蘇伯修父所類也。守誠在冑館時，見伯修手抄近世諸名公及當代聞人逸士述作，日無倦容，積以歲年，今始克就編。不以微而遠者遂泯其實，不以顯而崇者輒褒其善，用心之公溥也如是夫！古者以言名家，則有集傳，其別而叙之於史傳者，非深明乎學術之說，則關繫乎世道之文也。不然，君子無取焉。是則伯修豈無意而爲之者乎？伯修方以政事嚮用所集名臣事略及是書皆將刊布天下天下之士得覽焉者孰不美國朝文物之盛嘉伯修會萃之勤矣伯修名天爵以國子高等生試貢入官力學善文多知遼金故事亦有論著他書無所不閱予之敬交也故題文類後元統三年三月三日太原王守誠書

傳古樓景印

“四部要籍選刊”已出書目

序號	書名	底本	定價 / 圓
1	四書章句集注（3 册）	清嘉慶吴氏刻本	150
2	阮刻周易兼義（3 册）	清嘉慶阮元刻本	150
3	阮刻尚書注疏（4 册）	清嘉慶阮元刻本	200
4	阮刻毛詩注疏（10 册）	清嘉慶阮元刻本	500
5	阮刻禮記注疏（14 册）	清嘉慶阮元刻本	700
6	阮刻春秋左傳注疏（14 册）	清嘉慶阮元刻本	700
7	杜詩詳注（9 册）	清康熙四十二年初刻本	450
8	文選（12 册）	清嘉慶十四年胡克家影宋刻本	600
9	管子（3 册）	明萬曆十年趙用賢刻本	150
10	墨子閒詁（3 册）	清光緒毛上珍活字印本	150
11	李太白文集（8 册）	清乾隆寶笏樓刻本	400
12	韓非子（2 册）	清嘉慶二十三年吴鼒影宋刻本	98
13	荀子（3 册）	清乾隆五十一年謝墉刻本	148
14	文心雕龍（1 册）	清乾隆六年黄氏養素堂刻本	148
15	施注蘇詩（8 册）	清康熙三十九年宋犖刻本	398
16	李長吉歌詩（典藏版）（1 册）	蒯礼潛先生過録何義門批校清乾隆王氏寶笏樓刻本	198
17	阮刻毛詩注疏（典藏版）（6 册）	清嘉慶阮元刻本	598
18	阮刻春秋公羊傳注疏（5 册）	清嘉慶阮元刻本	298

序號	書名	底本	定價 / 圓
19	楚辭（典藏版）（1 册）	清汲古閣刻本	148
20	阮刻儀禮注疏（8 册）	清嘉慶阮元刻本	398
21	阮刻春秋穀梁傳注疏（3 册）	清嘉慶阮元刻本	164
22	柳河東集（8 册）	明三徑草堂本	398
23	阮刻爾雅注疏（3 册）	清嘉慶阮元刻本	164
24	阮刻孝經注疏（1 册）	清嘉慶阮元刻本	55
25	阮刻論語注疏解經（3 册）	清嘉慶阮元刻本	164
26	阮刻周禮注疏（9 册）	清嘉慶阮元刻本	480
27	阮刻孟子注疏解經（4 册）	清嘉慶阮元刻本	218
28	孫子十家注（2 册）	清嘉慶二年刻本	108
29	史記（15 册）	清同治金陵書局刻本	798
30	漢書（12 册）	清同治金陵書局刻本	600
31	資治通鑑（60 册）	清嘉慶初刻同治補修本	4498
32	後漢書（10 册）	清同治金陵書局刻本	498
33	元文類（11 册）	明脩德堂刻本	600

圖書在版編目（CIP）數據

元文類 / （元）蘇天爵編. -- 杭州 ： 浙江大學出版社， 2025.3. --（四部要籍選刊 / 蔣鵬翔主編）.

ISBN 978-7-308-25798-5

Ⅰ. I214.71

中國國家版本館 CIP 數據核字第 2025TR4462 號

元文類

（元）蘇天爵 編

叢書策劃	陳志俊
叢書主編	蔣鵬翔
責任編輯	吴 慶
責任校對	吴心怡
封面設計	温華莉
出版發行	浙江大學出版社 （杭州市天目山路 148 號 郵政編碼 310007） （網址：http://www.zjupress.com）
排 版	杭州尚文盛致文化策劃有限公司
印 刷	杭州宏雅印刷有限公司
開 本	889mm×1194mm 1/32
印 張	107.5
印 數	0001—1000
版 印 次	2025 年 3 月第 1 版 2025 年 3 月第 1 次印刷
書 號	ISBN 978-7-308-25798-5
定 價	600.00 圓（全十一册）